U0938393

風車草劇團

Windmill Grass Theatre

ANA 亞娜

編劇——梁祖堯

Written by Joey Leung

風車草劇團

《亞娜》Ana

首演為 2023-24 年度葵青劇院場地伙伴計劃節目
地點：葵青劇院演藝廳
日期：2024年3月22-31日

第二次公演為 2024-25 年度葵青劇院場地伙伴計劃節目
地點：葵青劇院演藝廳
日期：2025 年 3月21-30日

第三次公演
地點：London Peacock Theatre
日期：2025 年 5月9-10日

製作團隊

編劇：梁祖堯
導演：梁祖堯、湯駿業
演員：梁祖堯、湯駿業、邵美君、彭秀慧、梁浩邦
佈景設計：邵偉敏
燈光設計：楊子欣
音響設計：鍾澤明
錄像設計：方曉丹
造型設計：Alan Ng
製作經理：劉細優
監製：湯駿業
攝影：Simon C
封面設計元素：TN PEACOCK

Ana	Kearen Pang
Billy	Joey Leung
Claire	Luna Shaw
David	Leung Ho Pong
Elton	Edmond Tong

PROLOGUE	magic tricks	魔術
SCENE①	the arrival	到埗
SCENE②	hide and seek	捉迷藏
SCENE③	the boundary	越界
SCENE④	home sweet home	甜蜜的家
SCENE⑤	diana's lament	戴安娜的怨曲
SCENE⑥	the moon	月亮
SCENE⑦	memories	回憶
SCENE⑧	emma's melancholy death	Emma 之死
SCENE⑨	good for her	對她好
SCENE⑩	truth or dare	Truth or Dare
SCENE⑪	the hangover	宿醉
SCENE⑫	sleepless night	失眠夜
SCENE⑬	interrogation	調查
SCENE⑭	blind	盲
SCENE⑮	the departure	離開
EPILOGUE	the dream	夢

目錄

這個演出是 Billy 的一個夢境，或者是他如真似假的回憶。不同的場景都會零碎地散落在劇場各處，並不需要有着寫實的聯繫。

舞台設計帶出一種夢境中的空曠，朦朧，但亦在一些寫實的家具中，令人有一種似曾相識的溫暖感。

PROLOGUE

MAGIC TRICKS

魔術

Billy　我好鍾意睇魔術表演。魔術有好多種，例如心靈感應啦，個觀眾揀一張牌，然後魔術師洗勻之後，成副牌拋上半空竟然可以手捉住個觀眾一開始揀嗰張牌。刀鋸美人，請個女助手入去個箱度，個箱斬開一半，分開，手同埋腳都喺度郁緊㗎。又或者將個魔術棒用條絲巾冚住一打開，就變成咗一紮花。有一次我睇過一個魔術，真係覺得好神奇。

係密室逃脫。魔術師推一個箱出嚟，轉幾個圈話俾大家聽係冇機關，然後女助手出場，入去個箱裏面，上鎖。嗰位女助手，通常會用一啲好浮誇嘅演技表現一種徬徨無助嘅心態，然後魔術師拉起四面嘅布簾，再轉多幾個圈，突然之間，布簾跌落地下，個箱裏面空無一人。當所有觀眾都百思不得其解嘅時候，另一個高潮即將降臨。女助手突然之間，用最出其不意嘅方式，喺觀眾嘅後方出現。重新跑上舞台，同魔術師一齊手牽手鞠躬謝幕。

細個睇魔術，最想拆解佢點解會做得到，好想知道背後個真相。

有時諗極都諗唔明真係令人好痛苦，不明不白真係可以令人痛苦好耐好耐。

SCENE

1

Projection: Day 1

THE ARRIVAL

到埗

曼徹斯特。風雨間。行駛中的車

（中午，行駛中的車上，Claire 駕駛着）

E　打緊風啊？

C　唔係呀。

E　三號風球咁喎，横風横雨。

C　其實喺曼徹斯特一個月有 28 日都係咁㗎。

E　曬唔到太陽抑鬱㗎喎點住呀。要坐幾耐呀？

B　你趕時間咩？

E　問吓啫。

C　呢度揸車返去我哋住嗰度大約 25 分鐘到啦，不過如果閑日返工放工時間就會塞好耐。

B　都算好快啫。（對 Ana）

E　Ana 你平時有冇揸車？

A　幾年前撞過車之後就唔敢揸。

C　其實泊車撞凹個泵把咋嘛。

A　有你車我咪得囉。肚唔肚餓？

C　未，thank you honey。Billy…… 你係咪都係第一次嚟曼徹斯特？

B　係呀。

E　我都係呀！同想像中嘅感覺好唔同。

C　有咩唔同？

E　明明上網睇相好靚㗎喎，頭先個機場好殘呀，直頭好似以前啟德機場咁。哎呀，其實呢，啟德機場我都好模糊㗎，都係睇相，睇戲見過㗎咋！

B　唔好扮嘢啦，你都唔細啦。

E　細個屋企冇錢去旅行㗎，邊度似得你咁幸福。

B　我記得以前 Tracy 每次返嚟放暑假，都係去啟德機場接機同埋送機，我仲記得接機嗰度，睇住啲人推行李車落嚟嗰條斜路。

C　Tracy？

A　Claire 唔會問我以前啲嘢㗎。咁我自己都好少講就真嘅。

C　咁 Ana 呢個名襯你多啲。

E　點解改名嘅？係咪師傅叫你改㗎？冇理由師傅叫你改英文名㗎？

B　人哋鍾意咪得囉。佢叫 Tracy 嘅時候真係好唔同。

C　係點㗎？

B　以前個樣都唔係咁㗎！

A　你而家係咪暗示我整過容？

E　我都整過個鼻啦，打過童顏針，吊咗眼皮。

A　真係㗎？

E　去到呢個年紀 Hi-Fu Botox 基本保養嚟㗎。

B　　唔使再說服我。佢真係好姿整。

E　　佢以前都姿整㗎！後生嗰陣成個 Brad Pitt 咁㗎，宜家係 Fat Pitt。哈哈哈。

C　　哈哈哈。Ana 都有俾你 Facebook 啲相同埋訪問我睇㗎。Ana 又話你肥咗好多，都唔係吖，大隻啫。

B　　你個死八婆吖喺背後咁樣形容我？

A　　哈哈哈。

E　　啱㗎，佢而家嘅體重係人生高峰呀！喂 Ana，有無整過啫？真係靚咗又怕咩認啫？Claire 呵。

（Claire 微笑，但係冇回答，咳嗽。）

A　　（對 Claire）你凍唔凍？使唔使熄細啲冷氣？

C　　唔使，我 OK。

E　　我有少少凍呀。不過 Billy 去到邊都話熱嘅。

A　　咁？

B　　OK 呀，熄咗佢！我 okay 呀。

（Claire 和 Ana 牽手）

B　　Manchester 係咪破咗產？

A　聽日唔知，今日仲未。

E　Birmingham 同 Nottingham 都破咗。你知唔知點解會破產？

A　I don't fucking care.

B　點解？

A　點解破產？

B　點解 you don't fucking care，你英國人嚟㗎喂。

A　點會有人知真正嘅原因啫。

C　有人話因為保守黨執政所以唔會俾太多錢地區政府，但係啲地區政府又想討好選民，所以俾好多錢搞民生所以最後就爭人好多錢要破產……

E　嘩你以前做區議員？

C　我點會似？

E　似㗎，今年香港都有個 TB 區議員。

C　我唔係 TB。

B　佢意思係普通人唔會講得咁 pro 啫。Claire 以前喺香港做咩㗎？

C　……

A　佢做護士。

E　Claire 就真係唔似護士喇！

B　咩意思呀你！

C　　佢啱㗎。唔算係護士，我係獸醫助護啫。

E　　嘩！嘩！咁你咪好有愛心？

C　　……

B　　你叫人哋點答你呀？唔係呀，我打工㗎咋……

A　　然後收工就攞閹完啲貓狗蛋蛋返去打邊爐？

（Billy Ana 狂笑）

C　　我食齋嘅。

（Elton 狂笑）

B　　笑位喺邊？

E　　佢真係鍾意小動物㗎！哈哈哈！

B　　佢係咁㗎，你哋整整吓就慣。

C　　你仲未講點解會破產呀。

B　　拉開個話題係佢嘅生活日常。

E　　我講個真相俾你知喇。有個女人，因為嗰啲性別歧視定種族歧視告政府，點知告贏咗，政府要賠好多錢。咁就仆街啦。

C　　點解？

E　有案例，之後每個人都有樣學樣，政府玩完。所以為求自保就破咗產先，俾人告都唔使賠。

B　你點知？

E　我都係睇個 YouTuber channel 講㗎。

B　所以呢個就係真相？唔係嘛。

C　Ana，你可唔可以幫我 send 俾佢哋？

A　Okay。

C　我整咗張地圖俾你哋，上邊 mark 低咗邊度有超市，邊度有便利店，邊間餐廳好食，最出名食啲乜嘢，全部寫低晒喺一個 PDF 度㗎啦。我哋住嗰區都少少荒蕪嘅，你哋識唔識揸車？

B　無換國際牌呀，都冇諗住過嚟要揸車。

C　唔緊要，搭巴士都好方便嘅。同埋呢度有電車，個樣好似輕鐵咁。

A　輕鐵！幾耐冇聽過呢個名。

B　收到。唔該晒。

E　我都收到啦。直頭好似旅遊小冊子咁！你哋成日都有朋友去你屋企度住㗎？

A　無呀。Claire 仲預備咗好多嘢。好多好多。

C　我⋯⋯係呀。

A　佢真係好得閒㗎。

B　　你就一定唔會做呢啲嘢。多謝你呀，Claire。

E　　多謝你呀！其實我哋 Google 吓咪得囉。

A　　都話人哋會想自己 explore 吓㗎啦。

C　　客咩氣，今晚我仲 book 咗枱，去 Gay Village 睇 drag show。

A　　個 drag queen 係 Claire 個好朋友嚟㗎，都係香港人。

E　　咁正呀！

C　　希望你哋呢 4 日半會玩得開心！

B　　係。得四日半。

E　　喂，停咗雨喇，不如你哋自己去傾吓偈啦？

B　　吓？

E　　你哋咁多年無見，不如你哋自己傾吓偈聚吓舊啦。我同 Claire 可以返去先，你哋晏啲返嚟我哋先至一齊再出去囉？

A　　你覺得呢？

B　　唔使，咪一齊囉！我都想同 Claire 傾吓偈㗎嘛。

E　　之後大把機會啦。今次嚟都係想你兩個見面吖嘛，你哋 catch up 吓先啦，見多啲啦。Claire 冇所謂嘅係咪？

C　　我⋯⋯無所謂呀，好吖⋯⋯好呀。

A　　咁我哋去 Fig and Sparrow 飲杯咖啡。

E　　喺邊度呀？

C　　喺 Ana 公司樓下。

E　　喂 Claire 車埋你哋去吖，好嗎？

C　　好呀。

SCENE

2

Projection: Day 1

HIDE AND SEEK

捉迷藏

露 天 咖 啡 店 。 猜 度 。 埋 名 換 姓

（Ana，Billy 在一間露天咖啡店）

（兩人互相看着大家微笑，良久）

B　　你飲乜嘢？

A　　你坐低啦，你照舊都係 long black？

B　　好嘢，仲記得。

A　　記性太好好辛苦㗎。你去坐低先。

B　　OK。

（二人坐低對望）

B　　原來真係會唔知講咩好㗎喎。

A　　係囉。喺邊度開始好呢，呵。

Pause

A　　我哋幾耐冇見啦？

B　　你幾耐冇返香港咪幾耐囉？

A　　咁真係好耐。

B　　我哋最後一次見咪就係海旁嗰晚。

A　　嗰晚。wow。

B　2003。之後幾年我都搵唔到你。Email 你唔覆，msn 你無 online 過。

A　你都忙啦。

B　係你避開我啫。

A　之後我咪喺 facebook add 返你囉。

B　2016。

A　你係我個 friend list 入面唯一一個香港人。

B　點解要改名嘅？

A　重新開始。

B　咁點解叫 Ana 呢？

A　A 字頭。咁之後每次想重新開始咪又改一個名。下次 B 字頭。

B　Belinda

A　C。Cynthia

B　Dora

A　Evelyn

B　F……f

A　你輸咗。Freda。Fiona 都 okay。不過唔會係 Fanny 囉。我嗰陣係個 visual artist。唔會叫 Fanny 囉。

B　做 visual artist 搵到食咩？

A　搵唔到㗎，所以而家咪要死死地氣搵返份 Office 工囉。不過嗰陣真係好開心。

B　開心到唔想返香港。

A　以前仲喺London，暑假返香港都係想避開我阿媽啫。後尾都決定唔再見佢。咁囉。

B　因為同女仔一齊？

A　其一啦，仲有我阿爸啦。太多啦。點講。太多。

B　咁返嚟見吓我都得啩。

A　所以宜家咪逼到你過咗嚟囉。

B　啱啱畢業嗰陣冇錢吖嘛，去歐洲唔平㗎。

A　而家有毛有翼啦。所以帶埋條仔嚟示威係咪？

B　威唔威？

A　威過陳庭威。

B　威過……

2人　曹宏威。

Pause

B　你好嗎？

A　你好嗎？哈哈哈！

B　笑咩啫？

A　你覺得呢？

B　就係唔知先要問你。

A　咁你好嗎？

B　好啊。

A　點為之好？

B　個世界衰到咁，都冇黐線冇抑鬱，咁已經算幾好啦。你呢？

A　我 OK。

B　咁點解你仲係唔開心呢？

A　我有幾唔開心呢？

B　眼神。

A　咁虛無縹緲？

B　眼神冇得呃嘅。

A　咁你喺我個眼神見到啲乜嘢？

B　孤獨。

A　嘩。

B　係。

A　孤獨。邊個唔孤獨？

B　我唔孤獨。

A　你就一定好多好朋友啦。由細到大，個個人都鍾意你㗎。呢個係你嘅特質嚟㗎。

B　所以？

A 所以其實你做咩都得㗎，做咩都會成功。好成功吖，見到你喺 Facebook post 出嚟。成日都有記者訪問你。

B 做嘢啫。我都好努力㗎。

A 你使鬼咩。你企上個舞台度發光啲觀眾實鍾意你啦。

B 咁耐都冇睇過我演出你又知。

Pause

B 仲爭幾多？

A ？

B 還晒未？

A 未。不過我會分期還返俾你。

B 我唔係咁嘅意思。你有先啦，慢慢。我都唔急住。你係咪又賭錢呀。

A 唔係呀。

B 咁做乜要問我借錢啊？

A 吸毒咋嘛。

B 好好多。安心晒。屌你。

A 多謝你幫我。

B Elton 唔知我借錢俾你㗎，千祈唔好話佢知。

A　愛一個人要咁多秘密嘅咩？

Pause

B　你同 Claire 一齊開心嗎？

A　佢移民咗嚟成 3 年都未適應咁。

B　好辛苦啫。咁唔返香港？

A　返唔到。攞走咗啲 MPF。你熟過我啦。

B　明晒。

A　Claire 一定唔會返去㗎啦。佢唔會想認自己揀錯嘢。

B　佢咩星座？

A　你估？

B　金牛。

A　星座小王子果然寶刀未老！

B　完全感覺到佢有幾固執。金牛座認真起上嚟可以好撚黐線㗎喎！

A　係呀，我啱啱開始返而家份工，佢一日可以打 10 次俾我。

B　做咩啊？

A　冇啊，話掛住我。然之後我叫佢唔好打電話，佢就一日 send 50 個 message 俾我。

B　　噑好撚癲。你頂得順咩？

A　　佢都係愛我啫。

B　　你真係變咗啦。呀，佢知我哋嚟㗎呵？

A　　梗係知啦黐線，你哋要住喺我哋度，我點會唔話俾佢聽呀。

B　　你做得出㗎喎。

A　　雖則我係前日先話俾佢聽。你一日未落機我一日都唔會當係真㗎啦。

B　　所以佢頭先嬲緊？

A　　佢唔係嬲。佢……有啲唔舒服。Sorry，佢打嚟。

A　　Hello

A　　好好呀，做咩啊？

A　　唔知啊做咩？

A　　你又係咁嘅

A　　……

A　　唔知啊。

A　　你想呢？

A　　如果你肚餓就食住啲餅乾先啦。我哋今晚見啦。

B　　OK 嗎？

A　　冇事。我哋好好呀。

B　　喂，你未答我問題。

A　　咩問題？

B　　你好嗎？

A　　……

Pause

B　　你搞咩呀。你條眉唔對稱嘅。

A　　係咩？

B　　你自己睇吓啦。

A　　係喎，你做舞台劇要識得化妝㗎喎？

B　　有化妝師嘅。不過我鍾意自己化。

A　　我有睇你個 post，化妝係咪就好似帶咗個面具，即刻會變咗另外一個人咁。

B　　係㗎。

A　　咁都幾好。

B　　眉筆？

A　　你又知我有？（從手袋裏拿出眉筆，交給 Billy，然之後 Billy 幫她畫眉。）

A　　睇落你同 Elton 都幾好吖。

B　　Okay 㗎。

A　咁 okay 仲四周圍溝仔？

B　冇啦。嗰次俾佢發現咗之後就冇啦。我有話你知㗎。

A　如果你發覺自己同時間愛上咗兩個人。其實你無論如何都應該飛咗你原本嗰個，然之後同新嗰個一齊。

B　點解？

A　因為你根本唔愛你原本嗰個。如果係愛，你又點會愛上咗第二個呢？

B　做咩啊？你有新女咩？

A　咁你同 Elton 幾時散？

B　乜撚嘢呀？

A　你已經唔愛佢啦。

B　……

A　你只係覺得自己需要穩定落嚟啫。

B　咁又有啲咩唔妥？

A　我認識個 Billy 唔係咁㗎。我識嗰個 Billy 無白頭髮。

B　關係就係有啲嘢要妥協㗎喇。

A　我真係想像唔到你會同一個咁嘅人一齊喎。Elton 真係唔理人感受個喎。

B　咁唔理人感受就唔會肯一落機俾呢個空間我哋兩個獨處啦。

A 佢真係完全留意唔到 Claire 黑晒面㗎喎。

B 佢一定睇到。不過佢唔理啫。

A 咁我又有啲欣賞佢。

B 嘩，你學識咗欣賞人喎。你呢？你個 Claire 好似好……點形容……好……

A 好咩？

B 其實我見到佢好努力想討好我囉。

A 係㗎，不過硬係筍唔入啫。

B 係囉，直覺佢平時應該唔係咁？

A 唔好講佢啦。

B 你隻手做咩？

A 整親。

B 點整親？

Pause

A 意外。

B 打架呀？佢打你呀？

A 過咗去啦。

B 可以講俾我聽發生咩事。

A 唔係呀。Anyway。我愛佢。

B　　有幾愛？

A　　如果唔係我都唔會 stay 喺 Manchester 啦。個個都係用痛苦去證明自己愛緊一個人，真係好戇鳩。

B　　Tracy……

A　　如果佢喺度，叫返我做 Ana 啦。唔想佢聽到會唔開心。

（Light fade out）

SCENE

3

Projection: Day 1

THE BOUNDARY

越界

車上 。 Almond ginger biscuits。 忍受四日半

（車上）

E　咁我哋返屋企先？你肚唔肚餓？我哋都可以去食啲嘢呀？或者一齊去超市行吓？你哋有無嘢要買？有啲重嘢要買我可以幫手攞吖嘛？

C　吖……我……

E　唔使客氣呀，有咩幫手出聲得㗎啦，話晒宜家多個男人喺度，有咩平時兩個女人做唔到嘅嘢我哋都可以——

C　其實有咩係兩個女人做唔到而一定要有男人喺度先做到呢？

E　Sorry，我踐踏咗一個 TB 嘅尊嚴，大鑊。

C　都話我唔係 TB。我好唔鍾意咁分。

E　我明。我明。我都唔鍾意咁分。所以我永遠都唔去嗰啲同志平權大遊行。你去得就即係認咗自己係異類。成件事唔係話要平權咩？

C　如果個個都係你咁諗，個世界就唔會改變。喺英國同志又點會可以結婚呢？

E　不過喺香港我諗有生之年都唔會見到呢一日。

C　唔係見到希望先堅持嘅。

E　咁你又移民？

C　　怪我？你係咪怪緊我？

E　　點會呀，其實關我咩事呀。

C　　咁你又問？

E　　所以話呢，嗌交真係同一個人混熟嘅最好方法。

Pause

C　　你做咩㗎？

E　　Accounting。每日就係對住一大堆數字，同埋一大堆單。

C　　咁都幾悶喎。

E　　有啲人真係鍾意㗎，我唔係囉。你呢？

C　　我咩？

E　　你做邊行㗎？你喺度都係做獸醫助護？

C　　以前係，不過嚟到呢度搵唔到呢啲工。而家暫時都未搵到嘢做。

E　　你過咗嚟幾耐？

C　　三年。

E　　你就好啦，三年都唔使做嘢。

C　　你同 Billy 一齊幾耐？

E　　就快六年。你呢？

C　我咩？

E　頭先你問我同 Billy 幾耐，我答咗你就快 6 年係咪？咁接住我問「你呢」？咁呢句你呢應該係承接住呢個話題，即係你同 Ana 幾耐。夠清晰未？

C　Ok。3 年。

E　點識㗎？

C　網上面。

E　乜 lesbian 都有交友 app 㗎咩？

C　點解冇？不過唔係，係寵物網。嗰次佢要飛一個禮拜，佢想搵人幫手睇住隻貓。

E　你有貓！

C　係呀，好得意㗎，佢叫 Emma，每次嗌佢個名佢就會……

E　我對貓毛敏感。

C　Oh。咁使唔使幫你去搵間酒店？

E　你哋住嗰度最近嘅酒店都要揸車揸成個鐘，我 search 過㗎，太遠啦。所以我叫 Billy 問吓可唔可以住喺你哋度。

C　原來係你嘅主意。

E　係呀，你知唔知其實係我叫 Billy 嚟住喺你哋度。佢唔想㗎。佢最怕煩到人。不過我諗既然嚟到，佢哋又咁耐冇見，咁不如一齊住啦，咁咪可以見多啲。

C　　哈。你知唔知 Ana 其實都唔想㗎？係我叫佢應承你哋。佢兩個真係好似。梗係想佢哋可以多啲機會傾偈啦。我知道 Billy 係 Ana 生命入邊一個好重要嘅人。

E　　係，有啲嘢我都唔知應唔應該講。你知唔知佢哋以前啲嘢？

C　　唔知。如果佢唔講我唔會主動問。

E　　佢話佢哋有諗過結婚。

C　　你講真？

E　　Billy 話，嗰陣 Ana 俾佢阿媽發現咗佢同女仔拍拖，接受唔到。但係佢屋企係超級有錢㗎，誇張㗎，住喺山頂嗰啲，所以佢哋細個嘅時候有諗過扮結婚嚟應付屋企人，順便攞晒啲錢去。

C　　咁佢哋最尾真係有做咗？

E　　梗係冇啦。細個嗰陣嘅屎橋，點會行得通。

C　　我淨係知 Ana 同啲屋企人差唔多斷絕晒來往咁滯。我唔知道原來因為咁。

E　　其實我自己都係咁，所以我明。如果啲關係係消耗緊你嘅人生，甚至蠶食緊你嘅生命，我覺得無論如何，有幾愛都好，都應該狠狠斬斷佢。

C　　你覺得我蠶食緊佢嘅人生？係你咁樣諗定係 Billy

咁樣諗？

E　　我講吓咋。冇呀。

C　　我要食餅。

E　　吓？咁突然嘅。我背囊有零食喎？唔使買啦？

C　　多謝，不過唔使客氣，我一定要食嗰種餅。

E　　咩名啊？好好食㗎？

C　　Almond ginger biscuits。

E　　唔緊要啦，食住我嗰啲先啦？

C　　緊要㗎。有啲嘢對你嚟講唔緊要，但對於我嚟講係好緊要。你唔可以用你嘅口味去判斷我嘅選擇。

E　　Wow sorry，sorry 我諗住請你食啲餅咋，我冇諗住搞到咁大。

C　　你可唔可以幫我落去買？我睇住架車。

E　　可以，梗係可以啦。

C　　我冇錢喺身，你俾住先。

E　　唔使啦，哎呀好少嘢啫，我落去買。

（Elton 落車買餅乾）

（Claire 開 speaker 打電話俾 Ana）

A　　Hello

C　Honey，你傾成點啊？

A　好好呀，做咩啊？

C　你幾時返？

A　唔知啊做咩？

C　其實你同 Billy 係咪有嘢？

A　你又係咁嘅？

C　你有冇覺得我成日黐住你搞到你唔舒服？

A　……

C　咁你哋幾時返？

A　唔知啊。

C　咁你哋幾時返！

A　你想呢？

C　我唔想再單獨同嗰個 Elton 一齊。我唔鍾意佢。我唔舒服啊。

A　如果你肚餓就食住啲餅乾先啦。我哋今晚見啦。（收線）

C　Ana。Ana！

E　買咗喇。我知道我個人係好 chur 嘅。我都係想同你做朋友啫，五日。

C　四日半。

E　OK。為咗 Ana 同 Billy 我哋欣賞吓大家啦。或者忍受吓大家啦？好嗎？

SCENE

4

Projection: Day 1 > 0 > -1> -2

HOME SWEET HOME

甜蜜的家

家。床。貓的忍痛力

（Ana 和 Claire 的家中）

C　Billy 個男朋友叫咩名話？
A　Eddie？定 Edmund？好似唔係？係 E 字頭嘅。
C　Elton。我記得啦。Elton。Elton。Elton John 個 Elton。
A　我記名真係好差。
C　你好朋友個男朋友，我唔想嗌錯佢個名呀。
A　真係嗌錯佢哋唔會介意嘅。
C　咁佢哋嚟到賦邊啊？
A　未諗。

Pause

A　其實我根本就唔想佢哋嚟。
C　吓？
A　真㗎。
C　點解嘅？
A　唔想。
C　Billy 唔係你好朋友咩？
A　好朋友係喺個心度嘅。唔代表要見。

C　見吓啦，咁難得！

A　佢哋後日到喇。

C　你唔早啲話我知？

A　因為我要考慮我想唔想。

C　咁你都可以早啲話俾我聽，我哋一齊考慮㗎？

A　間屋我俾租嘅。我覺得我有權決定俾咩人嚟，或者唔俾咩人嚟。合理？

C　你咁講我會好難受。

A　我講嘅係 fact。事實本身係中性嘅。感受就係你自己加落去我控制唔到嘅 。

C　Ok。咁佢哋都要瞓覺㗎？佢哋嚟五日。

A　四日半。

C　Ok 四日半。

A　佢哋可以瞓樓梯下面。

C　不如買張梳化床啦？橫掂而家張梳化都俾隻貓抓度爛晒。

A　你買？

Pause

C　對唔住。

A　乜嘢？

C　　……我喺各方面都搞到你好大壓力。

Pause

C　　你頭先先話我無俾租。我遲啲有能力我一定會俾㗎。
A　　唔關事。
C　　咁我都好想好好咁招呼你嘅好朋友啫。
A　　你咁樣即係話我唔緊張啫，passive aggressive。
C　　無呀。

Pause

C　　好喇，我有。對唔住。
A　　如果你覺得你冇你就唔好亂認喎。
C　　唔好咁啦。
A　　……
C　　你係咪有啲嘢唔開心啊？
A　　……
C　　你可以同我傾㗎。
A　　……
C　　我只係想我哋可以坦白啲，好似朋友咁相處咩都可以講。

（Ana 擁抱 Claire）

（Ana 擺出一副匪夷所思的眼神）

A　朋友。兩個人瞓埋一張床又點會係朋友呢。

C　我會再努力啲做好啲㗎。

A　Emma 今日點？

C　今朝餵完佢食嘢之後就冇出過嚟。佢呢幾日都好似冇乜胃口咁，唔知個腎係咪又差返。聽日要帶佢去睇獸醫啊。

A　真係見到佢唔舒服先啦。獸醫真係好貴。

C　真係見到唔舒服就太遲啦。貓忍受能力好高㗎，受好多苦佢都好似冇嘢咁㗎。到見到佢唔舒服嘅時候其實已經冇得救㗎啦。

A　你暗示緊你自己忍我忍得好辛苦？

C　……

A　我講笑啫。

C　好啦，我唔煩你啦。我知你好大壓力，你唔使煩㗎所有嘢我幫你做晒佢啦好冇？我好期待認識佢哋，好期待呢四日半日可以同佢哋做好好嘅朋友。I love you. I love you.

SCENE

5

Projection: Day 2

DIANA'S LAMENT

戴安娜的怨曲

Gay Village ◦ Cry me a river ◦ A depressing city

（曼徹斯特 Gay Village 的其中一間酒吧。舞台後燈光亮起，見到一個 drag queen 身影在晃動）

（她是 Diana. Lip syne 唱著 Cry me a river）

Now you say, you're lonely
You cry the whole night through
Well, you can cry me a river, cry me a river
I cried a river over you

Now you say, you're sorry
For bein' so untrue
Well, you can cry me a river, cry me a river
I cried a river over you

我好耐無喊過㗎啦。

我對上一次喊，係冇幾耐之前。有一晚我睇電視，唔知乜鬼嘢國際宣明會嗰啲。望住嗰啲非洲嘅細路仔，瘦到皮包骨咁。我喊咗出嚟，我真係喊咗出嚟。點解我減極肥都唔可以減到好似佢哋咁瘦？

我最後一次喊，
嗰陣我企喺張吊頸凳嗰度。
喺最後一刻，我收到一個電話。所以我落返嚟。
打俾我嘅人今晚都喺度。
俾啲掌聲佢！
如果你有一個掛住嘅人，
打俾佢，或者求擦其 Send 啲垃圾俾佢，
等佢知道呢個世界上，仲有人記得佢。
咁話唔定…… 你可以救返一個人。

之後，我同自己講，
我寧願整喊人，我自己都唔會再喊。

姊妹們，
唔好再咁蠢啦，
唔好再為一啲唔珍惜你嘅人流眼淚。

條仔偷食，喊乜春啫。
你咪食返佢偷食嗰個。
然後喊嗰個咪係佢囉。係咪呀？

Cry me a river.

要喊，喊嗰個係佢！

（在舞台後方，我們隱約見到 Ana 和 Claire 在激烈地爭執，甚至發展成肢體碰撞。Ana 憤怒地把酒杯丟在地上，Claire 非常驚訝，燈光漸暗。）

You drove me, nearly drove me out of my head
While you never shed a tear
Remember, I remember all that you said
Told me love was too plebeian
Told me you were through with me and

Now you say, you love me
Well, just to prove you do
Come on and cry me a river, cry me a river
I cried a river over you

I cried a river over you

I cried a river over you

SCENE

6

Projection: Day 2

THE MOON

月亮

樓梯底。客艙。飛機下的月亮

（Ana 家中，樓梯下面的空間，放置着簡單的被鋪和床墊）

（Elton 在手機上翻看 Diana 的表演）

B　　早啲瞓啦。

E　　唔知佢落咗妝咩樣㗎呢。佢好似好多故事咁。

B　　遲啲叫 Claire 介紹你識囉。

E　　呷醋呀？喂～（影相）

B　　影乜呀？

E　　記錄緊呢一刻。真係好有露營 feel。

B　　我真係冇諗過要瞓樓梯底。

E　　都幾浪漫呀。

B　　聽講樓梯底好邪。仆街，仲要點蠟燭。

E　　你講咩啫，你去到邊都係一瞓落床 10 秒就瞓着㗎啦。你樂觀啲，我就唔使咁囉。你估成日做正能量寶寶唔攰嘅。見返佢開唔開心啊？

B　　開心。

E　　傾咗啲乜？

B　　咩都傾吓咁囉，咁耐冇見原來真係會唔知講啲咩好。

E　　我同 Claire 就好好傾。仲嗌咗個交。係嗌咗幾個交。

B 死性不改。

E 早啲摸清楚個底細呀嘛，睇吓佢條底線喺邊。

B TB 嘅底線好難捉。

E 佢話佢唔係 TB 呀。佢好介意呢啲嘢。其實都唔明點解要俾人哋標籤自己啫。我都幾鍾意佢。佢應該係個好浪漫嘅人。

B 唔好睇表面。佢點樣對 Ana 我哋係唔會知。

E 你意思係……

B 冇嘢。我都唔想亂估。

E 你覺唔覺得好奇怪？佢哋間屋爛蓉蓉咁，啲牆紙甩晒，啲窗簾退晒色，封晒塵，出面個花園嗰啲野草多到成個森林咁。

B 咁佢哋環境唔係咁好吖嘛。經濟咁差。

E 唔關事㗎。俾我同你有間咁嘅屋，都一定會花心思整到好乾淨好靚，心思唔使錢㗎。

B 我都好想屋企可以有個花園。如果我有個花園一定會種好多花，仲會種香草，喺花園度燒嘢食可以直接摘香草，對住啲星星對住個月光飲酒，你話幾爽。

E 我講啲嘢俾你聽，我見到個奇景。我喺香港搭去倫敦嗰程飛機，我見到個月亮喺飛機下面！

B 冇可能。

E 個月亮喺下面！真㗎！機翼喺度，下面係雲。月亮就喺雲下面。喺我下面！

B 咁呢？

E 掃興。次次都係咁。

B 因為無可能。

E 真㗎！

B 你見唔見到個月亮？

E 喺啲雲入面。

B 光污染嚟囉。

E 點解唔可以係月亮呢？

B 因為無可能。

E 但宜家我講緊嘅係嗰陣我對眼嗰刻見到嘅嘢。我講嘅係一個我腦入面嘅回憶。你點解要將一個咁靚嘅月亮變成光污染呢？

B 光污染個名衰啲啫，喺天空望落去個發光嘅城市都好靚㗎。

E 無嘢啦。

B 其實有乜所謂啫。係月亮定光污染有乜所謂。

E 有！有所謂！我想講，你瞓咗。全世界都瞓咗。離遠有人開住套戲，但佢都係瞓咗。全世界得我無瞓。燈都熄埋。我嗰晚，夜機。好唔鍾意坐夜機，因為我係喺機上瞓唔到嘅人，食埋藥都瞓唔到。好辛苦。

我開咗個窗，我見到……月亮喺雲入面，機翼下面，然後一望上去……好黑，好黑，好闊，好大……

（突然忍不住，哭起來）

成個天都係星星。

滿晒。從來未見過咁多星星，好近。喺半空，無試過咁近。好多，好靚。眼淚就係咁流，我都唔明點解？眼淚不停流，個心係空白……

原來。

我好想你都見到。

我好想你都同我一樣覺得咁靚。咁偉大。咁神奇。

不過我知你唔會。

所以我唔想叫醒你。

點解我無諗起阿媽？點解我無諗起其他我生命入面都係好重要嘅人？

原來，我嗰一刻先知道，我哋經歷咗幾多困難先至行到嚟呢一步。

嗰一刻見到呢個景象，原來就係好想同你分享。

之後，機艙燈開返。望唔到出去。即係話就嚟要降落，要返嚟現實喇。

冇嘢啦，發完噏風啦。

你真係瞓咗。

SCENE

7

Projection: Day 2

MEMORIES

回憶

花園早餐。吹不熄的蠟燭。紀念冊

（家中的後花園）

（Billy 在預備早餐，Elton 在打掃）

E　　啲花死晒呀陰公。唉，你睇吓啲千年煙頭！我真係冇諗啲 Lesbian 嘅屋企原來可以咁邋遢㗎。

B　　你真係好鬼煩。

E　　唔好講個鬼字啦。

B　　你自己咪講咗囉。邊有咁多鬼吖黐線。我係鬼都唔過嚟你度啦，你咁煩。

E　　真㗎！我唔係講笑㗎！咩嚟㗎？Billy，過嚟睇吓。過嚟呀！

B　　又點呀？⋯⋯吓⋯⋯點解會有呢啲嘢㗎⋯⋯係咪俾隻貓用㗎？

E　　貓用點會咁大支啊，有針頭㗎！擺明係人打針用㗎啦。

B　　點解要打針？

E　　吸毒囉。唔通自己打疫苗？

B　　咁我問吓佢。

E　　點問呀？早晨！你係咪吸毒？咁呀？

A　　早晨。

E　　（被突然出現的 Ana 嚇到尖叫）呀！

B 早晨

E Ana…… 早晨。

A 瞓得好唔好？

B 好呀。

A 嘩好多嘢食呀！炒蛋，煙三文魚，西芹 …… 你哋今朝出去買㗎？咁你哋咪好早起身？

E 係呀，我尋晚瞓得麻麻哋。尋晚呢嚇死我。我哋臨瞓 ……

B 喂！

A 咩呀？

B 無。Emma 係都要走埋嚟同我哋瞓，瞓正喺我個頭，搵個屎窟壓住我，佢又對貓毛敏感。

A Emma 係咁㗎，嗲到爆，所以我先唔俾佢入房。

E 唔係呀我覺得要話俾佢哋知囉。

A 咩呀？

E 你間屋有鬼。

B 喂！

E 有鬼，真係有。

A 我知。

E 都話㗎啦！

A 呢度凶宅嚟㗎。如果唔係點會咁平呀。呢，業主咪就係尋晚喺台上面唱歌嗰個 drag queen 囉。

B　Diana？

A　佢叫 David。

E　嘩，原來佢咁有錢！

A　聽 Claire 講佢以前喺香港做空少嘅，不過依家好有錢㗎。

E　應該俾人包。

B　你又知？

E　佢可以喺英國買樓喎？啲錢喺邊度嚟？大家都知做空少幾多錢人工㗎啦？

B　咁或者人哋屋企好有錢呢？

E　有錢仲使做空少？

A　拉開話題方面你真係有一手喎。

B　係唎。

E　Sorry 你頭先講緊咩啊？

A　呢度係凶宅。

E　Shit。

A　好耐之前話發生過命案，有個男人用斧頭斬死咗佢全家。

E　我唔想知。

A　然後自殺。

E　屌。

A　佢就係喺你哋瞓嗰條樓梯嗰度吊頸。

E　都話㗎啦！尋晚我哋傾完偈之後吹熄咗支蠟燭，然後佢自己着返呀！

B　乾燥啫！

E　唔係吹熄咗之後 1 秒鐘着返呀！係吹熄咗之後 1 分鐘着返呀！你知唔知我嗰一刻諗緊乜嘢？我喺度諗應唔應該再吹佢，你話如果吹熄咗再着返咁點算！咁就真係解釋唔到啦！其實而家都解釋唔到啦！

A　哈哈哈哈！

E　你仲笑！

A　假㗎！唔係凶宅啊！冇命案啊！

B　我都估到㗎啦。

A　你都幾易信人㗎喎。

E　講真定講笑啊？

A　你咁想搵原因，我咪俾個原因你等你好過啲囉。

E　但係蠟燭單嘢係堅㗎，佢又瞓到隻豬咁。

B　Claire 呢？

A　佢啱啱起身，一陣間會出嚟㗎啦。佢有少少……唔舒服。我真係好鍾意食西芹。細個我完全唔食㗎。一食就想嘔。但係而家我好鍾意食。每日食都得。

（不停地吃）

（Elton 和 Billy 交換眼神）

B　　可唔可以問你啲嘢？

A　　做咩咁凝重，晨早流流？

E　　冇嘢。冇嘢啊，遲啲先。

A　　咁仲話冇嘢？

B　　我直接講啦。我哋頭先喺地下執到枝針筒……

A　　唔係我嘅。

E　　你嘅意思係？

C　　早晨。

E　　呀!!（又被嚇親）

B　　你又係咁?!

E　　早晨 Claire。

A　　佢哋有啲嘢想問你。

C　　乜嘢？

E　　我哋煮咗好多嘢一齊食啊！我仲買咗嗰個餅乾！

A　　你知道咗佢要食邊種餅乾？

C　　係呀，嗰日 Elton 好好幫我買。想問乜嘢？

E　　無……咁嘅……

B　　冇嘢啦。

A　　佢哋執到枝用過嘅針筒。

C　Shit。你哋冇拮親吖嘛？唔好意思。

B　點解有針筒嘅？

A　吸毒囉。

E　吓？

B　其實作為朋友，我係唔應該干涉……

A　哈哈哈……你個樣認真到。講笑咋。佢要自己打胰島素針㗎。

C　係呀，我頭先喺房打針所以遲咗落嚟，諗住落嚟食多啲嘢吖嘛，聽 Ana 講你煮嘢咁好味。

E　咁咋吓嘛。唔怪之嗰日你突然間要食餅。血糖低真係會影響情緒㗎。

C　好大影響。嗰日唔好意思。

B　呀！呢個早餐時段我決定要俾個驚喜大家。

A　乜嘢啊？

E　咩驚喜呀？點解連我都唔知嘅？

B　有啲嘢我爭你 20 年㗎啦。

C　吓？

B　（拿出一份禮物交俾 Ana）

E　紀念冊！中學嗰啲紀念冊！嘩歷史文物啊！

A　其實我已經唔記得咗有呢本嘢。係我阿爸買俾我嘅。喺松坂屋買嘅，佢揀咗好耐。

B　　你鍾意 Hello Kitty 咩？

A　　所以你話我老竇有幾了解我呢。

E　　可唔可以俾我睇吓？

A　　嗱。

E　　係咁喍！我哋會用膠紙黐住個邊，因為本紀念冊會傳俾其他同學寫，唔好俾其他人睇到。

C　　“As free as a bird”嘩，啲字好靚呀。

E　　邊個寫喍？無簽名嘅？

A　　我阿爸買完俾我之後，佢喺第一頁度寫嘅。嗰陣好嬲，我話呢啲係俾同學寫唔係俾你寫喍。

E　　你爸爸好 sweet 呀。

A　　講到你好似識佢咁。

B　　我諗咗好耐都唔知應該寫乜好。之後你突然間移民咗去英國。

E　　你唔知佢要移民嘅咩？

B　　收到佢嘅信先知。嗰陣好唔開心喍。嗰陣都冇得上網，我哋係寫信喍。每個月最少有一封信，有時密啲。嗰陣寄信仲有分平郵同埋空郵，寄空郵貴啲，仲要攞一張藍色嘅貼紙，上面寫住 air mail，連埋郵票黐上去，喂，你仲記唔記得班裏面有咩同學？

A　　你啦……

B　仲有呢？Leo 喎，你唔記得？

A　…… Leo chan？

B　Leo Hsu！

E　舒？姓舒？舒淇啲親戚？

C　舒淇藝名嚟㗎。

E　呢啲嘢真係 Lesbian 先知。

B　H.S.U，Hsu，佢姓許呀，佢爸爸係台灣人，所以台灣拼音嚟㗎。許博堯呀。

A　Leo！我記得佢。

B　考第一第二名，永遠係得你同 Leo 爭㗎咋。

A　你哋仲有聯絡？

B　有啊，佢移民咗去台灣，娶咗個台灣老婆生咗個仔，不過離咗婚。佢依家有 depression，過得唔係幾好。

A　所以你話讀書有咩用。考第一第二，兩個都仆晒街。

E　呀！呢個係 Billy。

C　俾我睇吓？真係無變過。

E　哈哈，個頭一樣咁大。

B　我嗰陣花咗好多心機寫，幾厚，你開嚟睇吓啦。

A　我唔想睇。

（空氣瀰漫着一種尷尬氣氛）

A　　要記得嘅都已經喺個腦度啦，唔記得嘅其實都唔重要啦。係咪？

E　　咁你收好本嘢啦，咁有紀念價值。

A　　多謝你專登拎過嚟。本嘢我唔會要喇。

B　　吓。

C　　宜家係 Ana 吖嘛，Tracy 都唔喺度㗎喇。呵？

（Ana 看着 Claire ，這番說話令 Ana 不太舒服）

E　　食嘢啦，大家都食啦。

C　　今晚我叫埋 David 過嚟一齊食飯，你想唔想煮啊？David 煮嘢食好好食㗎，你哋真係可以交流吓吖。

A　　David 今晚都嚟。好吖。一陣我都要返公司做埋啲嘢。 我行先啦，今晚見啦。

（Billy 拿着紀念冊若有所思）

SCENE

8

Projection: Day 2

EMMA'S MELANCHOLY DEATH

EMMA之死

別離 ◦ 身邊的生命 ◦ 陪伴

（Billy 和 Elton 回來）

E　我哋返嚟啦！Any body home？我哋買咗好多嘢啊！

D　（落樓梯）Hello 。

E　Hello！你係⋯⋯ 等我估吓先⋯⋯

D　我係 David 。

E　你就係嗰個 drag queen！落咗妝咁靚仔嘅！

D　咪傻啦，我而家個妝都唔係薄㗎。你係 Elton？

E　係呀！你點知嘅？

D　Claire 話好嘈嗰個就係 Elton。個樣嬲咗成村人嗰個就係 Billy。

E　吖個死 TB 咁話我，仲等我專登喺唐人街買南乳諗住整南乳齋煲俾佢食！

D　仲買咗好多嘢喎。

B　仲有蒸肉餅，同埋麵包蟹，真係好多膏，整薑葱蟹！今晚食香港風味！

D　哎吔。Claire 今晚未必食到㗎啦。

E　唔舒服？無嘢吖嘛？

D　有。

Pause

（Claire 把貓床拿下樓）

E　做咩呀？

Pause

B　發生咩事？

D　Emma 走咗。

E　我哋宜家出去搵！我喺香港識得個動物傳心師，佢可以幫你搵返……

C　Emma 死咗。

E　點可能呀！今朝都好地地咯？

D　um……

B　Ana 呢？

D　佢仲係公司。

C　唔好煩佢。

C　你哋對 Emma 做過啲乜嘢。

C　我擺晒入雪櫃，佢無可能攞到㗎。尋日 Emma 仲望住我喺度叫……想同我講嘢咁。我應該將佢放喺個籠度，唔俾佢出嚟四周圍走。我知㗎。我知會有事㗎。我又唔想佢哋覺得有好多規矩咁……我知㗎。

我知會出事㗎……

B　我幫你打俾 Ana？

C　佢返緊工，都話唔好煩住佢咯!!

（dead silence）

講啦？

（dead silence）

講呀！

D　佢去到獸醫嗰度嘔咗啲三文魚出嚟。

E　仆街。

C　即係你哋啦？

D　佢哋點知啫？

E　貓唔係鍾意食魚嘅咩？

C　頭先喺獸醫嗰度，我抱住佢。我仲話你要撐住呀，我唔可以冇咗你㗎。Emma 仲望住我。佢突然間開始抽搐，跟住嘔咗一擲嘢出嚟，係煙三文魚。獸醫喺度擰頭，問我點可能俾呢啲嘢佢食。佢個腎指數本來已經好高。佢唔可以食任何其他嘢，只可以食佢嗰啲貓糧㗎咋！

然後佢瀨咗一攤尿。瀨咗落我個身度。佢斷咗氣。急性腎衰竭。一條生命喺我手上面走咗。就咁走咗。

如果唔係 Emma 我唔會識到 Ana，佢係我同 Ana 所有嘅回憶。我哋每次嗌交佢好有靈性，會走過來氹番我哋。

而家冇啦。

我都唔敢話俾 Ana 聽。我點樣話俾佢聽 Emma 死咗？

D　望住我。你依家喺邊度呀？唔好俾自己跌入去個黑洞度呀，我喺度呀！

（Claire 沒有理會，但全身仍然顫抖）

D　家姐，嗰時我嘅人生一擗屎咁。連我都捱得過，今次你都會㗎。

仲記唔記得嗰一晚，布 B 留院，差唔多唔得啦。過咗探病時間㗎啦，但係你都叫我嚟。仲熄晒啲閉路電視……

C　冇熄到，擰開晒。

D　擰開晒啲閉路電視，我哋兩個將布 B 抬咗入去員工休息室。你話，搣走晒身上邊啲喉，放佢喺張床仔度，等佢舒服啲，然後你記唔記得我哋做咗啲乜嘢？

C　唱歌。

D　你話我哋一齊唱歌俾佢聽。我嗰陣已經喊到停唔到。你一路唱住歌，一邊拖住我隻手。我知嗰陣布 B 已經好辛苦，但係佢仲望住我擺尾，成個 BB 咁。一路唱，跟住佢呼吸越來越慢，一呼一吸越隔越遠，不知不覺咁佢就去咗彩虹橋……

C　我好痛呀！

D　我知呀。我點會唔知。我每次諗起個心都好似裂開咁痛，個痛永遠都唔會走㗎。但係，你諗吓，佢幾幸福？

C　佢幸福……？

D　佢嚟呢個世界嘅時候我哋唔喺度。走嘅時候有我哋陪住咪就係一種幸福囉。

你要識堅強行落去，佢先會走得安心㗎。

C　Emma 我好掛住你呀！

E　對唔住，Claire，嗰刻佢食得好開心㗎。我哋真係唔知㗎對唔住呀，我知講對唔住都冇用。但係真係對唔住呀 Claire 。

（Claire 張開手，Elton 擁抱。兩個人也哭了）

D　　Somewhere, over the rainbow...

　　Skies are blue

D+C　　And the dreams that you dare to dream

　　Really do come true

C　　Somewhere over the rainbow

　　Bluebirds fly

　　Birds fly over the rainbow...

　　Why then, oh, why can't I?

（燈光落在 Billy 身上）

SCENE

Projection: Day 2

9

GOOD FOR HER

對她好

對話。貓的感受。你應該明白

（舞台上兩個獨立燈區）

A　　Hello？

B　　我以為你公司唔會聽到電話。

A　　見到係你打嚟，我咪聽囉。May I be excused for a moment？Thanks Gordon。等陣我出去。

B　　阻唔阻你啊。

A　　Wait。出咗去。喺公司突然間講廣東話佢哋又唔識聽，佢哋會覺得好古怪出去方便啲。咩事呀？

B　　Claire 有冇打俾你？

A　　有啊，不過我冇聽到。冇嘢吖嘛？

B　　頭先……唔知點講……

A　　直接講，我唔可以講太耐。

B　　Emma 死咗。

A　　唔。

B　　你專登㗎呵。

A　　點解你會咁諗呢？

B　　即係係啦。你懶係冷靜咁。如果唔係你會發脾氣。

A　　你真係好熟我。

B　　你知佢個腎有事㗎可？你知㗎嘛係咪呀？

A　　我知。

B　咁你仲叫我俾佢食煙三文魚？

A　Claire 有冇發癲？

B　頭先佢好恐怖。

A　所以你而家知道我平時面對緊啲乜嘢啦。

B　就係要我睇到所以你寧願整死隻貓？你係咪變態㗎？

A　我以為你點都會企喺我嗰邊。

B　生命嚟㗎！

A　其實獸醫一路都話要打針送佢走。話佢個腎功能實在太差。

B　咁你仲叫我俾佢食煙三文魚？

A　佢嗰一刻食得開唔開心？

B　……

A　佢最鍾意食煙三文魚。係唔應該，係對身體唔好。但係佢每次食嘅時候都會好開心，獸醫打支針落去送佢走，你覺得咁樣人道啲，但你有冇理過隻貓嘅感受？萬一佢唔想呢？你知唔知佢每一次去睇獸醫，放佢入去個寵物袋入邊嘅時候，佢都會驚到失禁。咁樣又對佢好好咩？所以，我而家佢走之前有得食最鍾意嘅煙三文魚，又唔使喺個冷冰冰嘅獸醫診所入邊打針，我覺得佢咁樣會開心。

B　但係點解要係我呀？

A　所以你咪講出咗個重點囉。你關心嘅唔係隻貓。係你自己。

B　……

A　我講俾你聽唔係要你難過，我係要你好過。信我啦。咁樣係對佢係最好㗎。

B　Emma？

A　Claire。

B　Claire……

A　我以為你會明我添。你應該明㗎。

SCENE 10

Projection: Day 2

TRUTH OR DARE

真心話遊戲。睡覺的水母。兩生花

（晚餐桌上。大家已經吃完晚餐。枱上邊有碟和酒杯）

E　你慢慢飲啦，又無乜食嘢。

B　煮完仲邊有胃口。次次都係咁㗎啦。

D　開多枝？今晚飲晒啲酒佢，唔好要我拎返返去。

E　你仲飲！

D　無所謂啦，最緊要開心！

C　俾我講。我有嘢要講。

D　佢斷緊片。放心，聽日咩都唔記得晒。

C　我哋要慶祝 Emma 畢業！飲杯！Emma！我唔可以再傷心。其實你都好老啦，都 17 歲。阿婆嚟啦。你臨走之前食得咁開心。你好耐冇食過三文魚㗎啦。係咪好好味呢？

各位，我下晝嗰陣我發咗癲。嗰陣我好驚。我好驚冇咗佢我同 Ana 會散。所以我講咗好多唔應該講嘅嘢。

我要同你哋講對唔住，我要同你哋講 I love you。嚟！（錫 Ana）

E　Claire i love you too！飲杯！

D　係攞到來貨價啫都唔使當水飲呀。

B　我哋夾返。

A 唔使！今晚咁好開心 David 請。

E 無錢呀契爺，肉償得唔得呀？

D 你想同我瞓？你老多 30 年先搵我啦，可能 60 年就會穩陣啲。

A 係呀，David 最鍾意睇住啲又老又巢嘅殭屍嚟打飛機。

D 真嘢唔好嚟講笑啦。

A 我就係最鍾意搵啲真嘢嚟講笑。中學有次玩 truth or dare，我試過迫到我哋個好乖嘅女班長認咗佢裝過佢阿哥沖涼。Billy 呵？

E 咁咋。

A 然之後個女班長係咁喊。原來佢俾佢阿哥搞過。

E 啤！自己裝人沖涼，咪俾人搞，然後又話人哋唔啱？

A 最後佢阿哥跳咗樓。

E 假嘅。我唔會再信你。

C 真㗎。

D 我都聽過。

E 講真㗎？點解你哋個個都好似冇嘢咁嘅？死咗人喎。吓？

Pause

B　　假㗎。

A　　假㗎。

D　　假㗎。

E　　Claire 連你都講大話？

C　　我嗰一刻見大家都咁認真，原來都好容易投入到。原來我都可以做戲呀。

A　　唔好俾佢表面呃到，佢做戲好叻㗎。

C　　……

B　　你叻啲。

A　　梗係啦。我小學已經係最佳女主角嚟㗎啦。

B　　你而家啲演技好過你小學好多。

E　　佢先係最佳女主角吓嘛？

D　　呢度邊個係人係鬼我一眼就睇得出。

B　　老實講，你 drag 咗個樣有啲似關菊英。

D　　仲以為我似李司棋添。

E　　你最多都係得到李思捷咋。

C　　唔係李偲嫣就得啦。

E　　唔好搵死人嚟講笑啦。有怪莫怪。細路女唔識世界。

B　　喂， 咁高興不如懷舊吓，就玩 truth or dare 啦？

C　　好喎！好耐冇玩過！

E　　玩啦！我想玩呀！

A　　玩親都唔會有好結果㗎。

B　　老規則啊！指中咗一定要答真心話！如果唔係飲晒呢一杯威士忌！

E　　我問先，第一條問題，大家喺公共交通工具做過最核突嘅嘢係咩？（E 轉樽）

（指中邊個邊個答，答案自己作）

（答完嗰個問第二條）

第二條問題：第一次失身係點？係邊度同邊個？（轉樽）

Ana：14 歲，同 Leo。

Claire: 28 歲，我第一次拍拖。

Billy：22 歲，桑拿陌生人唔識嘅。

David：我 9 歲，喺公廁俾個阿伯搞，好回味，好想見番個伯伯。

Elton：我 19 歲，佢讀醫，有一晚佢叫我去手術枱，就咁俾佢解剖咗。

第三條問題：詳細說明一吓對上一次搞嘢係點？

如轉中男仔：

男仔　同五姑娘。

C　邊個五姑娘？

男仔　五姑娘呀，打飛機呀。

C　你好可憐呀！我上一次係同 Ana ／你哋唔搞嘢㗎咩？

如轉中 Ana：

A　同 Claire，唔記得幾時。

C　對上一次係兩個禮拜之前。當然係同 Ana 啦。
嗰晚係星期六，第二日 Ana 唔使返工可以夜啲瞓。
咁……（害羞地看着 Ana）
瞓覺之前，攬住，跟住我除佢啲衫，然後我錫佢，然後我錫佢頸，跟住一路錫落去，跟住最拉尾，佢到咗，跟住我再錫佢，我仲幫佢着返晒所有衫，然後攬住瞓覺。嗰晚好開心。

B　吓？衫都幫佢着返？你係看護呀？照顧植物人啊？

（Ana 親吻 Claire）

E　　面紅呀！TB 面紅呀！世界第八大奇觀呀！

C　　你唔好三分顏色上大紅啊？

E　　我先唔上大雄。我諗我鍾意上技安多啲囉，好肉啲啲。

D　　睇得出。

（眾人歡呼拍手）

B　　下一條我問！指明 Ana 你答！

E　　邊有得咁㗎！

A　　我無所謂，你問吖？

B　　你好嗎？

D　　乜嘢嘢呀？

C　　你好嗎？Hello？How are you?

A　　我飲！（一飲而盡）你太心急啦 Billy。你又未講如果唔答要做啲乜。咁我就當同頭先一樣㗎喇！飲完。

（眾人拍手歡呼）

A　　咁到我問啦。

B　好啊，驚你呀。

A　我問David。你同咁多有錢阿伯一齊。係咪俾人包？

D　（有點尷尬）咁要睇吓你包嘅定義係啲乜嘢。我對啲年紀大嘅男人真係好 Horny。越老越好。越老啲皮越鬆我覺得佢越性感。尤其是聞到啲老人家啲耳油味，一聞到我就 high 㗎啦。

E　Fuck 你講真㗎。

C　乜嘢人都有權被愛㗎啦，有咩問題啊。

B　我都唔覺得有問題。我覺得你好有型。

D　我幾個月之前先至陪我男朋友，其中一個男朋友去咗瑞士。

E　咁老仲可以滑雪？

D　唔係。陪佢去安樂死。

E　你講真。

D　講笑咋屌你……答返你問題先。所以我從來冇俾人包，我每次都係真真實實咁樣去戀愛。我真心愛佢哋，佢哋都真心愛我。我認我係有啲貪心嘅，因為我同時間有幾個男朋友。不過佢哋個個都知。佢哋成日話啲錢都帶唔到入棺材，咁俾我又唔會拒絕嘅。大家都開心，世界美好，真愛長存，halleluya。滿意？

A　　識你咁耐都唔知道原來你咁大愛嘅添。

D　　我哋嘅友誼冇你想像中咁深厚嘅。

E　　嘩！有骨有骨。好大條骨。

D　　Ana 飲杯！

C　　到我問！我問 Elton！Elton !!! 問咩好呢。Hmmmm……

E　　諗到未啊？唔驚你㗎喎。

C　　未呀！

A　　我諗到。（在 Claire 耳邊細聲說話）

（C 明顯被嚇親，看著 Ana，有點尷尬）

D　　快啲問啦！好想知呀！

C　　嗱，佢問㗎咋。

E　　問啦，唔驚你呀，放馬過嚟啦妖女。

C　　點解 Billy 背住你出軌咁多次你都可以唔同佢分手 !!

Pause

E　　因為……因為……咪住先。如果我唔想答，Dare 係做乜。

D 就飲晒兩杯啦。

E 咁益我？

D 唔使飲晒啦，慢慢玩。我幫你頂一半。

E 唔使！

哈哈。

呢條問題……

好，我答你。因為我愛佢。

我知道我哋好多嘢係唔 work。一開頭知道嘅時候係好嬲。但係練習多幾次之後，我開始諗其實係咪我自己都有問題佢先至會咁樣。單手拍唔響。你估仲細個咩有啲乜嘢覺得唔 work 就掉咗。咁樣好唔環保啫。啲嘢壞咗係要修理㗎。盡量整囉。係重要嘅有價值嘅壞咗咪整返好佢囉。我知道係值得嘅。

A 咁如果整唔返呢？你係咪都會 keep 住用，用到有一日漏電兩個都電死晒先至肯放手呢？

E 嗱 Ana，你記住呢條問題，下一 round 到你個酒樽指住我，我就答你。

B 我想出花園食支煙。

（Billy 出去）

A　　我陪佢。

C　　係咪我講錯嘢？

D　　姐姐好嘢 Well said。呢杯我敬你。

（David 和 Elton 飲）

E　　Truth or dare !!! 好 old school 呀！咁我哋仲玩唔玩？

（另一燈區）

（Ana 走到 Billy 旁，一言不發）

A　　又唔知講咩好？

B　　……

A　　嬲呀？

B　　無。

A　　無？自己一個出咗嚟食煙喎。或者我真係搞到你唔開心。但係我冇責任估呢一刻你諗緊乜㗎喎。

B　　真係咁難估咩？

A　　Sorry。你嬲緊邊樣先？ A：你係講緊頭先我點解要咁樣問 Elton？B：Emma 件事？C：我唔要你帶過嚟本記念册？D：定係我 20 年前我唔同你講聲就走咗嚟英國？

B　　你點可以咁做人㗎。

A　　答案即係 E： All of the above。

Pause

B　　你覺得咁樣好好玩定係你喺度專登搞破壞？

A　　我諗你都決定咗心裏面個答案啦。其實我講啲乜嘢都改變唔到你嘅睇法。

B　　睇法可以同個真相完全無關㗎。

A　　唔係。睇法就係嗰個人嘅真相。譬如一隻狗見到嘅世界，同埋人見到個世界已經係完全唔同啦。

B　　狗見到個世界係點？

A　　狗睇唔到紅色㗎。佢哋分唔到紅色同灰色。

B　　即係如果我而家喺隻狗面前割脈，佢見到嘅就係我流緊一擹灰色嘅水出嚟。

A　　係㗎。

B　　水母個世界仲黐線。

A　　係點㗎？

B　　水母無腦㗎。我前排睇咗條片，話水母原來係識得瞓覺，然後搞到科學家黐晒線。佢哋一路都覺得，淨係有中樞神經嘅高等生物先需要瞓覺，就係俾個神經休息，水母冇中樞神經㗎喎，一擷啫喱嚟點解要瞓覺先？所以佢得出咗個好恐怖嘅結論，瞓覺嘅時候，可能先係我哋嘅本來嘅本質，清醒嘅時候，其實反而係一個生存需要。

A　即係發夢嗰個先至係真實生活。但係而家醒返反而所有嘢都係假？

Pause

A　呢一刻令我諗返起嗰晚喺海旁。我哋21歲生日嗰晚。

B　你話我知，你鍾意我嗰晚……

A　嗰晚，你煞有介事咁話有啲嘢，可能講咗出嚟驚冇friend做，其實使乜咁大件事啫，你係gay咋嘛。我一早就知啦，我早過你知添啦。

B　咁你嗰晚係講真㗎？你真係鍾意我？

A　嗰陣係真㗎。諗起都覺得好核突。真係好核突。你染到個頭紅色。真係好核突。

B　其實嗰陣我估我都鍾意你。

A　我知呀。

B　不過我對你一啲性慾都無。

A　我唔想知呀。

B　哈。

A　呢啲我估就係男人同女人嘅分別。我對你都冇性慾㗎，但係我唔會質疑對你嘅愛囉。

B　細個淨係識得咁諗嘅啫。

A　大個咗先知道原來愛可以咁多層次。

B　望返轉頭先知自己錯失咗，呢啲咪叫成長囉。

A　你呢啲咪藝術家嘅思維囉。

B　你都想做演員㗎。嗰陣我哋仲約好咗，我寫劇本你做女主角。最後尾反而我做咗演員。

A　我冇你咁勇敢。或者我冇你咁好彩。

B　你勇敢啲。同個基佬表白。其實嗰陣我有冇傷害咗你？

A　無。

B　真係？

A　你諗多咗。其實我專登咁講出嚟，反而係有少少想傷害你。想你難受。想你內疚嘅。咁我有冇都傷害咗你？

Pause

B　　無。

Pause

B　　Cheers。

（二人把酒一飲而盡）

A　　我唔好呀。答咗你喇。

B　　……

A　　係囉。講咗出嚟啦。有幫助嗎？

B　　你同 Claire 都唔 work，點解唔分開？

A　　呢條問題，你又唔問吓自己？

B　　我每一刻都問緊㗎。建立咗咁多嘢，付出咗咁多嘢，唔通就咁推冧佢咩。大個啦。

A　　所以我要學識妥協？

B　　無人想妥協㗎，但妥協係要每分每秒慢慢練習返嚟。

A　　我諗我嘅問題唔係淨係 Claire。
好可悲。其實如果瞓緊覺發緊夢嗰個先至係我哋嘅本質，而家所謂清醒所有嘅嘢，只係一種生存需要啫。如果係咁就好。咁樣就唔使跟住個世界規則行，明知自己唔啱呢一種規則都要繼續夾硬行。

你仲會唔會諗自己其實係邊個？

B　　仲有乜所謂吖。唔通而家到 40 歲人，仲要飲醉酒即興跳落海游水，仲要為咗偷嗰張電影海報打爆人哋戲院塊玻璃，仲要飲到斷晒片，然後同邊個打完交都唔記得？

A　　如果咁樣開心的話，我會繼續。

你仲記唔記得我哋叫大家做兩生花？恭喜你呀。你用自由意志迫到自己行一條自己完全唔啱行同埋唔想行嘅路。

Pause

做隻水母喺度飄都幾好吖。

（Light change）

B　　兩生花，我哋以前係叫大家做兩生花。

兩生花。90 年代文青一定會睇過嘅電影。兩個一模一樣嘅女人，連名都一樣，都係叫 Veronica。一個喺法國一個喺波蘭。佢哋嘅性格差唔多一模一樣，兩個都有做歌唱家嘅夢想。但當一個勇敢向着自己嘅夢想去追，另外一個放棄，佢哋嘅命運就開始分裂。最後，好深刻嘅一幕，波蘭嘅 Veronica 終於成為到演唱家，但係最終佢表演嘅時候喺舞台上邊倒下，死去。已經放棄咗音樂夢想嘅 Veronica，竟然喺法國嗰度突然之間流出眼淚。呢兩個陌生人，似乎佢哋嘅靈魂都有某種連繫，科學解釋唔到嘅聯繫。

呢套戲，我係同嗰陣仲叫做 Tracy 嘅 Ana 一齊睇嘅。套戲就好似講緊我同佢。我同佢嘅生命有好多好古怪嘅聯繫，例如我哋係同年同月同日生，幼稚園嘅時候就坐正隔籬位，開始成為最好嘅朋友。同我哋都好鍾意藝術，我鍾意作故仔寫劇本，佢就鍾意做戲。又例如我哋嘅父母同一年離婚啦，1997 年，佢去咗英國，我亦都喺我嘅屋企適應緊一個新嘅國家，換咗一個新嘅國籍。佢爸爸自殺嗰一年，我爸爸亦都因為癌症而去世。嗰晚嘅海旁，我哋對大家講出咗心裏面嘅秘密，既不安又浪漫，人生嘅下半場就咁就開始咗。但係我估嗰晚之後，我哋嘅生命線就開始分叉。

SCENE

11

Projection: Day 3

HANGOVER

宿醉

陽 光 。 酒 醉 過 後 。 說 謊 的 人

（和第二場同一間露天咖啡店，Ana 公司樓下）

（大家都帶住太陽眼鏡，在宿醉之後享受陽光）

B　　David 今晚幾點開舖？

D　　通常我四五點就會返去，所以坐多一陣都要行。

C　　好好享受吓先啦，呢度真係好少咁好太陽嘅。

E　　真係呀。嚟咗幾日，日日都好似 3 號風球咁。橫風橫雨。

D　　今晚落嚟飲嘢？

B　　仲飲？! 而家都仲 wing 緊。

D　　回魂酒呀。今朝叫你哋 hair of the dog 又唔肯，你睇吓我，而家好好多。

B　　黐線啦！醉到咁瞓醒覺空肚再飲一 shot 烈酒，真係會嘔啊。

C　　真係work㗎。平時Ana飲完嗰shot即刻可以去返工。

B　　佢今朝都係咁？

C　　唔知啊，佢出咗門口我都未起身。應該係啦。

E　　佢真係堅。俾我實 sick leave。

C　　尋晚真係飲好多，好耐冇試過咁開心。

E　　你同 Ana 出花園傾完偈之後返嚟杯杯清。你哋傾咗啲咩啫？

B　　唔記得啦，斷晒片。開頭講吓以前啲嘢囉。

C　　其實佢係咪好唔鍾意講以前啲嘢？

B　　（示意躺在他腿上的 Elton）腳痺呀。佢幾點放啊？

C　　我諗同平時一樣啩。通常 4:30 到佢就走。今日咁多人喺佢樓下接佢放工，佢一定好驚喜。

E　　平時你都係喺呢度等佢？

C　　佢話唔想我喺度等佢放工，所以好耐無啦。

B　　Ana 有冇覆你？

C　　未啊⋯⋯我諗佢喺公司忙緊啩，佢全日都冇乜同我講嘢。

D　　人哋 hangover 仲要返工，好心你唔好咁 chur 啦。

C　　好啦你呀吓。我擔心佢啫。

E　　打電話上去佢公司搵佢囉？

C　　佢唔俾㗎。

E　　一次半次冇所謂啦。你睇吓佢幾點放囉。我就嚟喺度曬到變人乾啦。

C　　咁我打去佢公司睇吓佢點先。Excuse me。

E　　Thank you，癡情的 TB。

C　　我唔係 TB。

（Claire 邊打電話邊行開）

D　我都要返去化妝先啦。你哋睇吓今晚嚟唔嚟飲嘢啦。（今晚見）

E　Okay。（B：睇吓點啦）

D　其實你兩個真係好叻。你哋好好。我成日都同佢講，頂得咁辛苦，不如分手。

B　邊個辛苦？Claire？

D　唔講得㗎。佢唔會認㗎。Long story。行先啦，今晚再講。

（David 離開）

E　其實都好明顯佢哋兩個係有問題啦。

B　我估唔到 David 會同我哋講啫。

E　咩關係都唔會完美㗎啦，好似生意咁。係要經營嘅。

B　係喎。老細。

（Claire 回來。非常繃緊心急得快要哭了）

C　David 呢？

B　返咗去開舖，佢走先。做咩事呀？

E　啱啱先食完嘢，冇理由血糖低㗎？

C　　Ana……

E　　做咩事呀

C　　Ana 唔見咗……

B　　吓？

E　　乜嘢啊？

C　　我打電話去佢公司。佢同事話佢冇嚟度做啦……

B　　佢冇嚟度做？

C　　佢去咗邊呀？

E　　會唔會有啲咩事？

C　　係咪應該報警？佢去咗邊？

B　　都未夠廿四小時，我估警察都唔會受理啦？

C　　我想上佢公司搵佢。係佢啲同事夾埋講大話。

E　　去啦，去睇吓，令到自己安心啲，我陪你上去？

C　　唔使，你哋喺度等我。

（Billy 打電話）

E　　點呀？

B　　熄咗機。

E　　其實可能佢只係今日唔想返工啫。尋晚飲到咁醉。

B　　咁佢可以直接唔返工，同我哋一齊，點解要扮返工？

E　　唔想見到我哋。

B　　定係唔想見到佢……

E　　Ana 佢有第二個？

B　　佢話冇。

E　　你又知？

B　　佢講㗎。

E　　佢話自己返工已經講緊大話喇。

B　　咁唔通我推翻晒佢呢一生同我講過佢所有嘢咩，冇可能㗎。

E　　應唔應該打俾 David？

B　　睇定啲先啦。

（Claire 再出現）

C　　佢唔喺度。

E　　吓？

B　　乜嘢呀？

C　　我上到去，就咁就行咗入去。我個腦一片空白。我知佢個位喺邊。我以前都有嚟過接佢放工。上到去，我行過去，佢啲同事好奇怪咁望住我。可能我嘅狀態啦？我繼續行。

行過去佢個位度，冇嘢。成個位冇嘢。好乾淨，我見過唔係咁㗎。

坐佢隔離嘅同事叫 Gordon，印度人嚟㗎，佢問我點解會上嚟？

我話我搵 Ana，我講嗰陣我把聲已經震緊。

佢話佢上個禮拜已經辭咗職，你點解會唔知㗎？

我話冇可能。冇可能。佢每日都仲有去返工。

你哋星期五嚟。佢仲同我講話請假去接你哋機，佢哋話佢已經辭咗職一個星期？佢每一日都去返工。

星期一至五。佢一定唔會對我講大話。

發生咩事？

佢去咗邊？

（Light change）

SCENE 12

Projection: Day 3

SLEEPLESS NIGHT

失眠夜

夜 ◦ 難眠 ◦ 交換秘密

（Ana 家）

E　你覺得我哋使唔使改機票？如果係我就而家上網搞。

B　唔使。

E　點解？

B　唔會返嚟㗎啦。

E　佢連 passport 都冇攞，咩都冇攞，即係冇諗住真係走啦。

B　可能佢已經死咗。

E　你唔好咁諗嘢啦，冇好處㗎。你話佢以前屋企咁有錢，佢會唔會俾人綁架？

B　佢辭咗職㗎。佢處心積慮咁做㗎。

E　咁我哋使唔使留喺度陪吓 Claire？我哋走埋佢一個人都唔知點算。

B　有 David 吖嘛 。

E　不如我上去睇吓佢？佢返到嚟之後就困咗自己喺房度好耐冇出過嚟。

B　你真係好關心佢喎。

E　咁你 OK 嗎？

B　冇你咁 OK 囉。

E　我知你會好唔開心。我知你好多嘢煩緊。我知你都好多嘢都唔知點解。我知你呢一刻都好驚。但係我只係想關心吓你啫，如果你覺得我唔出聲會好啲，咁我可以全晚都唔出聲。

我哋差唔多六年喇，有啲乜嘢我都想同你一齊分擔同你一齊面對㗎。我唔係想煩你呀。Okay。我冇得罪你㗎。Okay。

B　　對唔住。我不停喺度諗，諗到個頭就嚟爆，因為全部都唔會有答案。

E　　講俾我聽吓吖？……… 世界上得兩樣嘢嘅啫，就係自己控制到嘅嘢同埋自己控制唔到嘅嘢。嗰啲你控制唔到嘅就算喇。你可以控制嘅，係試吓叫自己唔好亂諗囉。

B　　如果我可以控制到自己唔亂諗嘢，我呢一刻就唔使同你講。我估唔到同你講完之後會得到個咁嘅答案。

E　　咁我係咪乜嘢都唔講會好啲？如果係嘅你話俾我聽，我配合。

B　　唔係呀，唔係呀，唔知呀。

E　　我諗你最唔開心嘅係你覺得 Ana 背叛咗你係咪？

Pause

E　　你覺得你哋係最好嘅朋友，有啲乜嘢問題佢都可以同你講啫。係咪？就算佢想走，就算佢唔想再見你。佢都可以同你講啫，佢都有責任要咁做，係咪？

B　　我有諗如果我哋唔嚟，佢係咪就係唔會走呢？定係其實佢唔想見到我同你一齊嚟？定係其實 Claire 同 David 夾埋殺咗佢？定係其實佢呢刻已經自殺死咗？定係佢根本完全有另外一個身份另外一種生活係我哋唔知？我完全停唔到，我繼續咁樣個人會黐線。

E　　你覺得係因為我？

B　　點解我講咗咁多樣嘢？你淨係會捉住呢一樣嚟揪秤我嘅？唔係呀，我亂諗嘢咋！你想聽吖嘛？我咪講俾你聽囉，講完出嚟搞到你又唔開心真係好無謂。真係好無謂啊。

（C 從樓梯下來）

E　　你 OK 嗎？

C　　我瞓唔着。

E　　我去整啲嘢食，你都冇食過嘢。我哋都未食呀。你哋傾吓偈。

B　　我激嬲咗佢。

C　　點解呀？

B　　好無謂。算啦，過咗去。

Pause

C　　你覺得佢點解會走？

B　　我唔知呀。

Pause

C　　我哋好好㗎。佢仲專登為咗我搬咗過嚟 Manchester。生活好唔容易，但係我哋一齊嘅時間真係好開心。佢同我講，佢終於過到自己想要嘅生活。我糖尿病開始嚴重，情緒好差佢都冇放棄我……

B　　我都想像唔到佢會咁樣愛一個人。

C　　佢話佢點都會同我一齊過。我唔明呀，點解佢無端端會走出去？

B　　我都唔知。

C　　其實我一路都好驚你哋嚟。我形住有啲嘢會發生。關於 Tracy 嘅所有嘢。佢都可以好似粉筆字咁樣抹得一乾二淨，而你係嗰個世界唯一個留得低嘅人。我知你好重要。我冇得同你比㗎。

B　我同佢喺幼稚園已經係同班同學。跟住一齊升上同一間小學，再升去同一間中學。有一年暑假，我鍾意咗一個人。第一次感覺到原來愛一個人係咁。原來可以咁痛苦。不停鑽牛角尖，我一路都唔敢寫信話俾佢知。因為我覺得自己係一隻怪物。嗰年佢返咗香港放暑假，我約咗佢喺海旁嗰度飲酒，嗰陣飲嘅仲係 Sub zero 同 Diamond black ，仲啱啱開始學識食煙，細個嘅時候就係覺得咁樣摧殘吓自己嘅身體先至感覺到自己存在。唔知係咪飲醉咗酒，嗰刻我竟然有勇氣同佢講，我要講一個秘密俾你聽。可能講咗出嚟你以後都唔會再當我係朋友。佢嗰一刻聽咗，靜咗一陣間，然後佢同我講，佢都有一個秘密要講俾我聽，我都會怕講咗出嚟會冇咗你呢個朋友。然後我哋猜包剪揼，我輸咗，我講先。我話俾佢聽，其實我係鍾意男仔。我係個基佬。我一路講，啲眼淚一路流出嚟。佢聽完之後靜咗一陣間，突然之間笑。

C　咁佢要講俾你聽個秘密係乜？

B　哈哈，講明係秘密。遲啲你見到佢，你自己問佢啦。

C 即係其實你一路都唔信我。

B （一時間唔識反應）

C 尋晚飲酒你出去同佢傾咗好耐偈，之後今朝就走咗。

B 你想講咩。有咩不如直接講啦。

C 你可唔可以坦白話俾我聽，係咪你叫佢走？
我冇所謂㗎。我淨係想知道佢冇事咋。
係咪你叫佢離開我㗎？

B 冇，真係冇。

Pause

B 如果聽朝佢都冇返嚟。我哋就報警啦。

SCENE

13

Projection: Day 4

INTERROGATION

調查

問話。各自的面向。其中一塊拼圖

（警察局的問話室）

C　Ana 係我女朋友。我同佢認識咗三年。我同佢好好嘅。我好愛佢，佢都好愛我。

D　Claire 唔係真係我家姐，只係好朋友。識咗都有七八年啦。佢哋住呢度係我租俾佢哋嘅。

E　我同 Billy 係遊客。聽日下晝會返香港，我哋係坐 BA139，4 點半 departure，最遲 2:30 我哋要去到機場。Sorry ，你問咩話？

B　佢走之前嗰晚我哋飲酒傾偈，同我講佢過得唔好。

C　佢無乜朋友，啲同事放咗工都唔會見，佢話想留喺我身邊陪住我。

D　我係嗰間屋嘅業主，不過 Clarie 嗰陣佢哋話搵唔到地方住，我就俾佢哋住住先囉，跟住就住咗三年。

B　我梗係冇佢阿媽嘅聯絡方法啦，我估你哋會查到嘅啫係咪啊？不過我覺得應該唔會。因為佢哋關係好差，佢係咁同我講。

E　我估佢哋真係好窮。睇間屋就知啦。幾年前佢係有問過 Billy 借錢，佢話還賭債喎，其實我唔知得太多，Billy 唔鍾意我問佢呢啲嘢㗎，每次一講佢就會發脾氣。

C　佢梗係唔會有外遇啦，冇一定冇。我信佢㗎。

B　佢隻手受咗傷，佢有暗示俾我聽係 Claire 整傷佢。佢冇直接講但佢暗示囉。

E　其實呢幾日都冇機會同佢單獨傾偈，我知佢同 Billy 係好好嘅朋友，但我感覺到佢好唔鍾意我。

D　我估佢哋嘅關係唔係咁好啦。咁我係嗰間屋企業主呀嘛，有幾次我都收到隔籬鄰舍嘅電話，話佢哋夜晚嗌交嗌得好大聲，仲聽到啲打爛玻璃嘅聲，好似有報到警㗎，佢哋應該有記錄㗎，你哋可以查返。

C　佢辭職，我係唔知道嘅。咁可能佢有自己嘅原因呢？

B　係。佢有問過我借錢。幾年前佢有賭錢。今次佢都有問我借錢。

D　Claire 有糖尿病，血糖低嘅時候佢嘅情緒可以好激動。但係 Ana 嘅情緒可以更加誇張。三個禮拜之前咋嘛，喺我間酒吧度。Ana 嗌交，情緒失控，然後張枱上面所有玻璃樽掟落地。

B　自殺傾向？我估唔會囉，不過佢爸爸自殺死嘅，我唔知會唔會有影響，但係我見唔到佢有啲咩原因會咁做囉。

C　我哋係有啲時候會爭執。都係一啲生活入邊嘅瑣碎事。咩情侶都會㗎啦，我哋好愛大家係真嘅。

E　我覺得佢係一個思想好負面嘅人。佢睇落唔似㗎，但我知道。因為佢同 Billy 好似。Billy 都係咁。

D　佢哋喺我間酒吧度嗌交啫，又唔係喺我間酒吧度失蹤。

C　我再講一次，我同佢真係好好，我哋仲諗住聖誕節會去旅行，我都唔知點解佢突然間咁樣？

B　我哋10幾年冇見。所有嘢都係佢講俾我聽，其實佢而家點樣生活，我咩都唔知。

SCENE

14

Projection: Day 4

BLIND

盲

亂局。崩潰。愛

（家。失蹤後 28 小時）

C　警察有冇講啲乜嘢？

B　佢話多數失蹤嘅人，都會喺 48 小時內自己返屋企。但係佢哋喺呢段時間都繼續查吓有冇其他可能性。

E　估唔到我哋今次旅行會經歷呢啲嘢。

C　你哋同警察講過啲乜嘢？可唔可以都話俾我聽？

B　總之諗起有幫助嘅嘢我都有講囉。你想點呢？

E　Claire 都係擔心啫。我哋都擔心。我哋可以留低喋。

B　留低都幫唔到啲乜。

E　做乜呢個時候講啲咁嘅嘢。

B　我講事實啫。

C　你唔使擔心我。我 OK 喋。可能佢都係行開吓嘅啫。

B　警察都有懷疑我。

E　懷疑你咩呀？佢自己走咗喎。

C　我覺得佢哋對亞洲人先係咁。

B　唔係嘅。有人失蹤，首先懷疑報警嗰啲人係好正常。好多命案都係咁，自己殺咗人，然之後就大鑼大鼓報警。好多都係咁。

E　佢懷疑你殺人？吓？

B　我估都會懷疑你啦，係嗎？

C　　冇喎。

B　　冇。哈。我第一日就發現佢隻手整傷咗。係咪你？

C　　佢咁樣同你講？

B　　唔係。佢冇直接講，係我估嘅啫。

C　　咪係囉。

C　　我哋係嗌交，因為啲好無謂嘅嘢，我⋯⋯我都已經唔記得咗嗰次關於啲乜嘢⋯⋯好激動，我同佢都好激動，佢好嬲咁將隻酒杯掉落地。我過去執返啲玻璃碎片⋯⋯然後佢拎玻璃𠛾自己隻手。

B　　佢𠛾自己隻手?!

E　　點解佢要咁做？

C　　一時衝動囉。你唔信我。

E　　我信你㗎，Claire。

C　　你唔信我。你從來都唔信我。

（David 回來）

C　　點呀？

D　　頭先我帶啲警察去我間酒吧。佢攞走咗呢一個月嘅CCTV。黐線。都唔知關咩事，佢又唔係喺我酒吧嗰度失蹤。啲客問起我又唔可以講大話。佢哋而家個個都好擔心佢哋喺基吧嗰度做過啲乜嘢會俾全世界知道晒。黐撚線。

C　如果可以搵到啲線索，知道而家佢去咗邊，都值得啊。

D　對你嚟講梗係值得啦。我唔係想講到好似好涼薄咁。嗰班熟客嘅信任冇咗幾多錢都買唔到返嚟㗎。間酒吧玩完㗎啦。唔好意思唔係想搞到大家再煩惱啲。我嘅煩惱，我自己煩得㗎啦。

E　講真呢一刻我哋冇嘢可以做到。

D　你話佢死咗都仲可以去招魂。而家佢自己走咗去，真係唔知點搵。呢度距離個海邊太遠啦。想掉個西瓜落海都唔得。

Pause

B　不如唔好咁講嘢啦。

C　原本所有嘢都好好哋。

D　真係好好哋咩？

C　⋯⋯

D　你唔好再呃自己啦。

C　咁乜嘢關係都有佢哋嘅問題㗎啦。Elton 嗰晚講嘅嘢我好感動。有問題咪解決佢囉。個關係有事咪整返好佢囉。

D　　你哋之前隻貓，其實醫生一早就話要送佢走，你唔肯。你覺得你愛佢就可以解決所有嘅問題。其實佢就係唔會好返，其實你留多佢一日其實就係折磨多佢一日。折磨大家多一日。

B　　Ana 叫我俾三文魚佢食㗎。

C　　冇可能。佢好錫 Emma。

B　　佢專登咁做。其實嗰一刻佢已經準備走。

E　　你講真?!

B　　而家睇就好合理。

C　　點解你哋要咁話佢？你哋見到嘅只係其中一面。每日同佢相處嗰個係我。然後而家你哋講到好似你知道晒所有嘢咁。

D　　因為你盲咗。

B　　你哋兩個關係有問題，我諗你清楚過我啦。

C　　如果真係咁大問題，如果佢真係咁憎我，佢每一刻都可以走。點解要等到尋晚？講唔通㗎？

D　　你會俾佢走咩？ 你估你會做啲乜嘢？你好愛佢全世界都知啦。我都相信佢好愛你，所以佢咪等 Billy 同 Elton 喺度嘅時候，有人睇住你嘅時候走囉？即係好似而家咁囉？

C 點解你哋將自己估嘅嘢講到真嘅一樣。

D Claire。唔好再呃自己啦。

C 我冇呃自己呀！

D 同佢一齊你快樂嗎？

C 我好努力……

D 你快樂嗎？

C ……

D 佢要繼續扮瞓覺就冇人可以叫得醒佢。由佢！
「兩個人一齊。就算唔快樂，個人會成長，會進步。」
呢句嘢係我 25 歲仆晒街準備吊頸嗰陣時你同我講㗎。係你救翻我㗎。
之後就算我幾愛一個人都好，我都唔會再俾自己跌入個黑洞度。但你冇。
你睇吓你自己變咗咩樣？
家姐。我識你嗰陣唔你係咁㗎。你睇嘢睇得好通透㗎。愛自己唔係自私呀！你連自己都唔愛你又點會識愛人。你諗吓以前個自己？你點會呢啲嘢都睇唔到？

C 我從來冇諗過要依附住另外一個人存在。可能我自己真係咁樣做緊，我自己都唔知，我無諗過會搞成咁㗎！

D 愛一個人應該快樂㗎？我哋都係想搵個人愛啫。愛一個人應該快樂㗎。

（Light fade out）

SCENE

15

Projection: Day 4 1/2

THE DEPARTURE

離開

機場。打橫的飛機。真相

（Billy，Elton，Claire 在曼徹斯特機場）

E　　呢個 Terminal 靚過我哋嚟嗰個好多。
　　我鍾意舊嗰個 terminal 多啲。而家係好新好光猛，
　　不過冷冰冰，好無人情味。

C　　我去買杯咖啡，你哋要唔要？

B　　唔使喇。唔該晒。

E　　可唔可以都幫我買一包 almond ginger biscuit 吖。
　　我想返香港食。

C　　好啊。等我一陣。

（Claire 離開）

E　　Passport 呢？

B　　喺背囊。冇攞過出嚟。

E　　不如睇吓喺咪度？

B　　（有點不耐煩）喺度。你自己袋返。

E　　唔使啦。

B　　自己袋返好啲。咁你唔使驚我會整唔見。

Pause

E　打俾佢吖。

B　邊個？

E　Ana。

B　點解？

E　佢知我哋今日走，或者會聽你電話嘅。唔好放棄啦。

B　唔會喇。

E　OK。

Pause

B　係咪你同警察講，我同佢之前有錢銀瓜葛？

E　係咁嘅情況底下仲講大話？如果有啲咩事我哋每個都會俾人懷疑㗎！

Pause

E　你仲有借錢俾佢？

B　好耐之前嘅事啦。

E　佢宜家仲有賭錢？

B　佢話冇啊。冇啊。我唔知呀。

E　其實你嗰陣都唔應該借俾佢。

B　咁見死不救係咪會高尚啲？

E　我梗係唔係要你見死不救，不過你借錢俾佢係等如害咗佢。但係你唔聽。係咁㗎我都慣。我講嘅所有嘢你都唔會聽㗎啦。

B　你講乜撚嘢呀？

E　件事過咗咁耐，你可唔可以唔好咁大反應啫？

B　唔好意思。你最尾講嘅係話「你講嘅所有嘢我都唔聽。」你已經唔係講緊嗰件事。咁我有咁嘅反應都好撚正常啫？

E　對唔住。我只係講我嘅睇法啫。最後尾我都冇阻止你幫佢啊。我都有嘢 suffer 㗎。

B　你 suffer 咩啫？你最痛苦嘅咪只不過係我攞咗原本我哋要去日本旅行嗰啲錢去救佢囉。嗰兩年搞到你浸少咗幾次溫泉搞到你買少咗幾件衫食少咗幾次壽司咁囉。對唔住囉。我都唔怕話埋俾你聽。其實幾個月之前佢都有再問我借錢。我都唔敢話俾你聽。我好憎呢個感覺我好憎我哋之間有好多秘密，但係我已經唔夠膽話俾你聽。雖然我知道我冇做錯。

E　咁都係嘅。你有咁多嘢做錯。嗰啲你都冇講啦，係我自己發現嘅啫。

Pause

E　對唔住。

Pause

E　朋友之間如果涉及錢，段友誼係行唔到落去。我唔想睇到你哋咁所以我先至咁講。

我哋嚟到見到佢哋生活得咁差，你諗吓佢會幾難堪？唔難想像啫？

如果俾著我，我都唔會知道點樣面對你啦。

B　我而家我都唔知點面對你。

Pause

B　對唔住。諗緊咩？

E　冇。無謂嘢。

B　講俾我聽吓。

E　我喺度幻想。好耐好耐之後嘅一晚，嗰陣我已經同你分咗手好耐。我同另外一個人搭飛機，望住個窗口，諗返起嗰次我見到月亮喺啲雲下邊，喺個飛機下面嗰件事。

B　　如果架飛機轉緊彎，成架飛機打側咗，咁個月亮咪可能喺飛機下面囉。

E　　係喎。

（Claire 回來）

C　　Almond ginger biscuits。最後一包。還返俾你。

E　　多謝，你呢？

C　　我 OK，放心。

Pause

C　　可能佢自己嗰一刻都唔知點解要咁做。

E　　可能佢而家都係後悔緊。

C　　可能佢而家好快樂。

E　　可能佢從來冇講過真話。

C　　可能佢同我哋每一個人講嘅都係真話。

B　　差唔多啦。我哋入去啦。

C　　OK。

（Claire 擁抱 Billy，擁抱 Elton）

（Billy 和 Elton 拉着行李遠去）

B　　我之後行入去機艙，坐低，扣上安全帶。機門關上，下一次打開嘅時候，我已經去咗另外一個世界。好似變魔術咁。

魔術師變走咗個女助手。但係個女助手真係消失咗，冇再出現。

有時我會諗，會唔會有一日，我企喺個舞台上面嘅時候，台下面有一個人坐喺度聽緊我講呢個故事。喺刺眼嘅射燈下，你越努力去搵，你就越睇唔清楚。喺黑暗裏面，有個人望住你，但係你就永遠都見唔到佢。

EPILOGUE

THE DREAM

（夢境。漆黑的舞台有一張非常長的餐桌上邊懸掛着一盞華麗的水晶吊燈。Ana 穿着華麗的晚裝，化妝髮型一絲不苟）

B　　你係？

A　　Ana. Belinda. Cynthia. Dora. Evelyn. Freda. Gloria. Hilda. Ivy. Joann. Kelly. Lucy. Mandy. Nina. Ophelia. Pansy. Queenie. Rosa. Sasha. Tracy.

B　　邊個先係你個名？

A　　Tracy？

B　　你已經唔係 Tracy。

A　　Okay。你好嗎？

B　　你好嗎？ 我係咪發緊夢？

A　　⋯⋯就嚟落雨啦。個天黑晒。

B　　我哋要喺度等幾耐？

A　　唔知呀。

B　　我未必可以陪你咁耐。

A　　咁道門打開你就走啦。

B　　唔好，傾多陣。好掛住你呀。

A　　Claire 叫我搣咗出邊花園啲雜草。我唔想整污糟套衫啊。

B　　點解佢自己唔做嘅？

A　　啲草有毒。隻手會腫晒㗎。

B　　我唔驚㗎。我知另外有一種草係解藥嚟㗎 。我記得我喺你屋企嘅時候都幫你搣過。

A　　有咩？點解我唔知嘅？

B　　你出咗去。

A　　有冇掛住山上面嗰間 Cafe？我好鍾意同佢去嗰度食早餐。

B　　我有呀。喺上面可以望晒成區㗎嘛。

A　　假㗎。根本冇一間咁嘅嘢。你記錯咗啦。

B　　Emma 呢？

A　　喺屋企。

B　　我記得佢死咗。

A　　係呀。

B　　唔好再俾三文魚佢食啦。雖然食咗佢好開心，但係會死㗎。

A　　點解反而記住呢啲嘢？

B　　…… 你有好多嘢我都唔記得啦。

A　　講俾我聽你唔記得咗啲乜嘢？

B　　話明唔記得又點講返呢？

A　　試吓講。

B　　我成日都發夢見到你。發夢去返曼徹斯特嗰間屋。

但係我完全諗唔起間屋係點樣。記得嘅都係一忽忽。我記得個樓梯底，我記得張食飯枱，我記得有兩個警察入嚟間屋度同 Claire 講嘢，我同 Elton 坐喺電視機前邊嗰張梳化。警察係咪真係有嚟過呢？定係我只係發夢見過呢？ 我記得出邊個停車場。我記得你坐喺乘客位，棟高隻腳食煙，將啲煙灰喺窗口條罅嗰度擦出去，定係棟高隻腳搽潤唇膏呢？我記得架車係紅色。但係我唔記得你哋有冇嚟接我機，我唔記得我哋係點樣去機場返香港，我唔記得嗰幾日我哋食過啲乜嘢，Elton 話我哋又一齊喺個商場度睇戲，我一啲印象都冇。有時甚至我會分唔到邊啲真係發生過，邊啲係我幻想出嚟。

A　　冇人知嘅嘢其實你都睇到，只係好多好多細節你已經唔記得咗。

B　　唔係呀，我哋小學中學仲耐啦。我全部都記得好清楚。可能，如果啲嘢記得太清楚，我行唔到落去。所以我要忘記囉。

A　　道門可能就嚟打開喋啦。

B　　傾到真係打開為止囉。

A　　真係打開咗啲水會湧入嚟喋。有好多有毒嘅水母。一定要好小心。

B　呢個時間啲水母應該瞓咗覺。所以冇所謂喋傾多陣。

A　你唔問我點解我會走咗去？

B　好耐冇問啦喎。

A　不明不白，過咗咁耐，唔辛苦咩？

B　不明不白過咗 40 幾年啦。

A　不如攞支紅酒出嚟，如果你轉到指住我，話俾你聽點解我走？

B　唔使啦。

A　你唔信我？

B　如果我信你，我就會中毒。我要唔信你，先可以變做個大人喋咋。

A　魔術師等緊我。

B　你條裙好靚。

A　多謝。我每次表演都會着呢條裙。唔記得咗喺邊度得嚟。

B　我記得。我送俾你嘅。呢樣我記得。

A　假喋。

B　你會唔會返嚟？

A　唔知個魔術師會變咗我去邊度喋。

B　唔好走。我係咪發緊夢？

A　你又唔係隻水母。冇所謂喋。夢先至係真實世界吖嘛。

B　　我仲有好多嘢想同你講。

A　　我要出場喇。

B　　我仲係好驚行雷閃電。

A　　又話大個咗？

B　　我唔想。

A　　點解？

B　　因為人大咗，就算好想喊，都唔可以。

A　　你有冇髒我？

B　　從來冇。

A　　其實你可以吖？

B　　等陣。

（Billy 幫 Ana 畫眉，她然後優雅地離去）

A　　（Lip sync 唱出 cry me a river）

Now you say you're lonely
You cried the long night through
Well, you can cry me a river
Cry me a river
I cried a river over you

Now you say you're sorry
For being so untrue
Well, you can cry me a river
Cry me a river
I cried a river over you

You drove me, nearly drove me, out of my head
While you never shed a tear?
Remember, I remember, all that you said?
You told me love was too plebian
Told me you were through with me and

Now you say you love me
and just to prove you do
Come on and cry me a river
Cry me a river

I cried a river over you
I cried a river over you
I cried a river...over you...

（舞台突然下雨，把 Billy 淋濕透。Billy 在雨中代唱，觀眾已經分不清楚，那些是雨水還是他的眼淚……

而 Ana，繼續在燈光中，婀娜多姿地演唱着）

The END

This show is a dream of Billy, or his patched-up memories. Different scenes scatter around the theater, without the need to have realistic connections.

The stage design brings out a sense of spaciousness and haziness in a dream, while giving a sense of warmth and familiarity through some furniture in real life.

PROLOGUE

MAGIC TRICKS

魔術

Billy I really enjoy watching magic shows. There are so many kinds of them. Like telepathy. An audience member would pick a card, before the magician shuffles the cards and thrown them in the air, then catches the chosen card. Saw the girl in half. Invite a female assistant to stay in a box, then cut the box in half and the arms and legs are still moving. Or a magic wand is covered by a handkerchief, then removes and becomes a bundle of flowers. I have watched another magic, which is really spectacular.

But my favourite is the escape room. A magician would push a box out and turn a few rounds to show that there is no special trick. Then the female assistant would show up, get in the box and it's locked. The female assistant usually uses very exaggerated acting to stress her helplessness. Then the magician pulls all the curtains up and turns the box around. Suddenly the curtains come off and no one is inside. And when the audience is puzzled, there comes another climax. The female assistant suddenly appears at the back of the stage in the most unexpected way. She runs back to the stage to join the magician on the stage for a curtain call.

When I watched magic show I was small, I was eager to find out how they do it, I want to know the truth behind. Sometimes not knowing what was going on was agonising, being kept in the dark can leave you in pain for a long, long time.

SCENE

1

Projection: Day 1

THE ARRIVAL

到埗

Manchester · Raining · Driving

(In the afternoon, on a car, Claire is driving.)

E Typhoon?

C No

E Feels like Typhoon Signal No. 3. It's pouring

C Like 28 days every month in Manchester

E No sunshine would cause depression. How long should I sit?

B Are you in a hurry?

E Just asking.

C It's 2-drive from where we live, but much longer during rush hours on weekdays

B It's quite quick. (To Ana)

E Ana, do you usually drive?

A Not much after a car crash a few years ago

C Just crashed into the bumper when parking.

A That's fine as long as you give me a ride. Hungry?

C Not yet, thanks honey. Billy, is it your first time in Manchester?

B Yes

E Me too! Very different from what I expected!

C How different?

E The photos online look great, but the airport looks ruined like Kai Tak Airport. Oh, actually, I have a blurry impression of Kai Tak Airport, only see it in photos and movies.

B Oh stop! You aren't that young

E Couldn't afford to travel when I was small, unlike you

B I remember when Tracy came back every summer for a break, we picked her up and sent her off at Kai Tak Airport. I still remember people pushing baggage down the slope at the arrival hall

C Tracy?

A Claire wouldn't ask me things from in the past, and I seldom bring them up

C The name 'Ana' suits you better

E Why change your name? A master changes it for you? But it makes no sense to ask a master for English name?

B As long as she likes. She was so different when she was called Tracy

C How was that?

B She looked different in the past!

A Do you mean I had plastic surgery?

E I did my nose, injected Sculptra, and lifted my eyelids

A Really?

E We have reached the age when Botox is just basic beauty care

B Stop talking me into it. He is really fussy

E He used to be fussy too! He used to look like Brad Pitt, now he is fat Pitt. Haha!

C Haha! Ana shared your Facebook photos and interviews with me. Ana said you have gained weight, just more sturdier

B You bitch describe me as such behind my back?

A Hahaha!

E Right, his weight is at the peak of his life. Hey Ana, did you have plastic surgery? No shame to admit you look prettier?

(Claire smiles but does not answer. She coughs.)

A (To Claire) Are you cold? Do you want to turn the aircon down?

C No, I am ok.

E A bit chilly here, but Billy always says it's warm wherever he goes

A Oh? So?

B Ok, just switch it off! I am okay

(Claire and Ana hold hands)

B Has Manchester gone bankrupt?

A Not yet today, not sure about tomorrow

E Birmingham and Nottingham have declared bankruptcy. Do you know why?

A I don't fucking care

B Why?

A Why bankrupt?

B Why don't you fucking care? You are a Brit!

A How can anyone know the real reason

C Some say there aren't much money for the local governments because Tory is in power, but the local governments which want to please the voters pour a lot of money into social issues and owe a huge debt...

E You used to be a district councillor?

C How could I look like that?

E Yes. Hong Kong has a tomboy councillor this year

C I am not a TB

B He means most people can't put it so professionally

C ......

A She is a nurse

E Claire really doesn't look like a nurse.

B What do you mean!

C She is right. I am not exactly a nurse; I am a veterinary assistant.

E Wow! You must have a big heart?

C ......

B How should she answer you? No, it's just a job...

A And take the balls of neutered cats and dogs after work for hotpot?

(Billy and Ana break into laughter.)

C I am a vegetarian

(Elton laughs)

B What's so funny?

E She is truly an animal lover! Ha!

B He is like that, you will get used to it

C You still haven't explained the reason for bankruptcy

B	Sudden change of topic is his daily habit
E	Let me tell you're the truth. A woman sued the government for sexual or racial discrimination. The government lost and had to pay a lot. So they are fucked
C	Why
E	It sets a case for everyone to follow suit. The government is done. So to save itself, declaring bankruptcy can prevent compensating when being sued.
B	How do you know?
E	I just watch a YouTuber channel.
B	So, is this the truth? No way.
C	Ana, can you help send it to them?
A	Okay.
C	I have made a map for you. It marks where the supermarket, corner store, good restaurant and their famous dishes. All stated in a PDF. Our district is a bit remote, do you know how to drive?
B	We didn't apply for an International Driving Permit, didn't think of driving here
C	No worries, bus will do. There are trams here too, like the light rail.
A	Light rail! How long have I not heard of this name.
B	Got it. Thank you.
E	Got it too–like a travel agenda! Do you always have friends staying over?
A	No. Claire has prepared many other things. Many others.
C	I...yes

A She has a lot of spare time

B You wouldn't do this. Thanks, Claire

E Thank you! We can actually Google

A Told you they want to explore on their own

C No worries, I have booked a table at Gay village to watch a drag show

A The drag queen is Claire's friend, also from Hong Kong

E Cool!

C Have fun in the next 4.5 days!

B Yes, only 4.5 days

E Hey, the rain has stopped. Why don't you guys catch up for a bit?

B What?

E You haven't seen each other for years, why don't you catch up among yourselves. Claire and I can go back first and you can join us later then we head off?

A What do you think?

B No need, let's go together! I want to catch up with Claire.

E There will be plenty of chances. This time is to meet up with you two, just to catch up and hang out. Claire wouldn't mind right?

C I...don't mind, sure...sure

A Then let's go to fig and sparrow for a coffee

E Where is it?

C Downstairs of Ana's company

E Claire can give you a lift right?

C Sure

SCENE

2

Projection: Day 1

HIDE AND SEEK

捉迷藏

Open-air Cafe · Guessing · Changing Names

(Ana and Billy sit at the outdoor seating of a cafe.)

(They look at each other and smile for a long time.)

B What would you like to drink?

A Take a seat, long black for you?

B Yes, you still remember

A Having a good memory can be painful. You take a seat first

B Ok

(The two look at each other.)

B So lost for words is really possible

A Right, where should we start?

Pause

A How long have we not met?

B How long have you been away from Hong Kong?

A It's been really long

B The last time we met was at the promenade

A That night, wow

B 2003, I couldn't find you the few years after. You didn't reply emails, not active on msn

A You have been busy

B You have been avoiding me

A So I added you back on Facebook

B 2016

A	You are the only Hongkonger on my friend list
B	Why did you change your name?
A	For a fresh start
B	Why Ana?
A	I want a restart with a new name. Last name started with B.
B	Belinda
A	C, Cynthia.
B	Dora
A	Evelyn
B	F.......f
A	You lose. Freda and Fiona are fine. But no Fanny. I was a visual artist back then. No Fanny.
B	Enough to sustain as a visual artist?
A	Not for long. So now I need to find an office job. But that was really fun
B	So happy that I don't want to return to Hong Kong
A	Back in London, I went back to Hong Kong during summer to avoid my mum. So in the end I decided not to see her.
B	Because you are dating a girl?
A	Partly. Also, my dad. Too many things, don't know where to start.
B	You can anyway come back to see me
A	So I have made you come here
B	Awesome right?
A	More than awesome
B	More awesome
A+B	Than awesome

Pause

B How's life?

A How's life? Ha ha ha!

B What's so funny about?

A What do you think?

B I ask because I don't know

A Then how's life for you?

B Pretty good

A What does good mean?

B The world is so rubbish that I am not crazy or depressed. That's pretty good. You?

A I am ok

B Then how come you are so upset?

A How can you tell I am upset?

B Your eyes

A So vague?

B Eyes don't lie.

A Then what can you tell from my eyes?

B Loneliness

A Wow

B Yes

A Loneliness. Who isn't lonely?

B I am not lonely.

A You must have a lot of good friends. Everyone likes you since you were a kid.
This is your quality.

B So?

A So you can succeed in whatever you do. Very successful. Look at your Facebook post. You are often interviewed by journalists

B That's work. I have to work hard too

A You don't need to. You take the stage and shine, and audience must like you.

B How can you know? You haven't seen my show for long.

Pause

B How much left?

A ?

B Have you settled?

A No, but I will pay you by instalments

B That's not what I mean. Take your time, there is no hurry. Are you gambling again?

A No

B Then why ask me for money

A Drugs

B That's much better. Am not worried...fuck you

A Thanks for helping me.

B Elton doesn't know about the loan. Please don't let him know

A Loving someone need to keep so many secrets?

Pause

B Are you happy with Claire?

A She still can't adapt after three years

B Why not go back to Hong Kong when life's so hard?

A Can't. I took all my Mpf. You know better than I do

B Got it

A Claire certainly won't go back, she refuses to face having made the wrong choice

B What's her zodiac sign?

A Make a guess

B Taurus

A Still the price of zodiac signs!

B Totally feel how stubborn she can be. Taurus can be really crazy when they get serious

A Yes, I just started my job and she calls me ten times a day

B For what?

A Just to say she misses me. Then she sends me 50 messages a day after I ask her stop calling

B That's crazy. You can put that up?

A That's how much she loves me

B You have really changed, my friend. Oh she knows about us?

A Of course. She is living at ours, how can I not tell her

B Well you can

A Though I only tell her the day before. I won't take it seriously unless you get off the plane

B That's why she was pissed just now?

A Not pissed...she is just not feeling well. Sorry it's her

A Hello
A Very well. What's up?
A Don't know. What's up?
A Here it goes again...
A ......
A Don't know
A What do you want?
A Have some biscuits if you are hungry. We will meet tonight
B Everything ok?
A Fine, we are fine
B Hey, you haven't answered my question
A What question?
B How's life?
A ......

Pause

B What's wrong? How come your brows are uneven?
A Really?
B Look at yourself
A Right, you said an actor needs to know how to do make up
B There are make-up artists but I prefer doing it myself
A I have seen your post. Make-up is like wearing a mask that you transform into another person
B Right
A That's quite nice
B Eyebrow pen?

A You know I do (Take an eyebrow liner out of her bag and hand it to Billy. Billy draws the eyebrows for her.)

A Elton and you look good together

B We're okay

A Okay but still flirting around?

B I stopped, after he found out that time. I told you

A If you find yourself in love with two people, you should anyway dump the old one and get together with the new one

B Why?

A Because you don't love the old one. If you are in love, how would you fall in love with another one

B What? You got a new girl?

A When will you break up with Elton?

B What the?

A You don't love him anymore

B ......

A You just think you need to settle down

B What's wrong with it

A That's not the Billy I know. The Billy I know doesn't have white hair

B Relationship requires some compromise

A I can't imagine you are with someone like him. Elton really doesn't care about others

B If he doesn't care he would not have given us this space to catch up after we got off the plane

A He paid no heed to Claire's annoyance on her face

B	He must have noticed, just ignored it
A	Then I like him a bit more
B	Wow, you learn to like people. How about you? Your Claire seems...how to say...very
A	Very what?
B	I can see she tries hard to please me
A	Yes, but miss the spot
B	Yea, feel like it's not her usual self?
A	Let's not talk about her
B	What happen to your hand?
A	Got hurt
B	How?

Pause

A	It was an accident
B	Did you fight? She hit you?
A	Let bygones be bygones
B	You can tell me what happened
A	Nothing. Anyway, I love her
B	How much
A	Otherwise I would not stay in Manchester. People proves their love with pain, which is really stupid
B	Tracy......
A	Call me Ana if she is here, I don't want her to be upset

(Light fade out)

SCENE

3

Projection: Day 1

THE BOUNDARY

越界

In the Car · Almond Ginger Biscuits · Enduring for 4.5 days

(In the car)

E Let's go home first? You starving? We can also dine out? Or get groceries from a supermarket. Anything you want to get? I can help carry some heavy stuff?

C Oh...I...Oh...

E Don't worry. Just give it a shout if you need help. Well at least there is a man here and things that two women can't be done...

C Actually what's that two women can't get it done without a man?

E Sorry I impede a tomboy's dignity, oh no

C Told you I am not a TB, I don't like the classification

E I understand, I don't like such classification either. That's why I never go to those pride parade. You admit you are not the mainstream once you are there. But I thought the who thing is about equal rights?

C The world won't change if everyone thinks like you. How would same-sex marriage be possible in the UK?

E But I don't think I will see that day in Hong Kong

C Doesn't one persist because hope is in sight?

E But you are emigrating?

C Why the blaming? Are you blaming me?

E Why, why is that my business

C Then why are you asking?

E That's why arguing is the best way to know someone

Pause

C What do you do?

E Accounting. Dealing with tons of numbers and bills every day.

C That sounds boring

E Some like it, but not me. You?

C Me?

E What do you do? Also a veterinary assistant here?

C Used to be, but I can't find similar job here so am jobless at the moment.

E How long have you been here?

C Three years

E Good for you. No need to work for three years

C How long have you been with Billy?

E Almost 6 years. You?

C Me?

E Just now you ask how long I have been with Billy. I said almost 6 years right? Then I asked "You"? This you should continue the topic, meaning how long you have been with Ana. Clear enough?

C Ok, 3 years

E How did you meet?

C Online

E Dating app for lesbian?

C Why no? But no, it's a pet website. She needs to be away for a week and wants someone to cat sit

E	You have a cat!
C	Yes, she is very cute. She is Emma, every time you call her name she would...
E	I am allergic to cat hair
C	Oh, should we find you a hotel?
E	The hotel where you stay is an hour away from the closest hotel. I have search. It's too far, so I ask Billy if we can stay with you.
C	It's your idea all along
E	Yes, it's me who asks Billy to invite you to stay over. He was hesitant to. He is worried about bugging others. But I think, since they are here and have been away from each other for so long, why not live together, so you can live longer longer.
C	Ha! You know Ana doesn't want that either. I asked her to say yes. They two are so similar, that they will have more chances to chat. I know Billy is important to Ana's life
E	Yes, sometimes I don't know what to say. Do you know what they would say in the past?
C	No. I wouldn't ask if she wouldn't say.
E	He said they thought of getting married
C	Seriously?
E	Billy said Ana's mother can't stand it after finding out about her dating a girl. But her family is super rich, living on the peak, so they thought of fake marriage to get by and get the money
C	Did they do it in the end?

E	Of course not. How can such naïve trick be possible
C	I only know Ana has cut ties with her family. But I don't know it's is why.
E	Same, so I understand, if the relationship may crumble. Nope matter how much you love, you need to severe the ties
C	You think I am crumbling her life? It's you or Billy think so?
E	Just me saying. Don't take it seriously.
C	I need a biscuit
E	What? I have snacks in my backpack. No need to buy?
C	Thanks, but no thanks. I need that particular biscuit
E	What's the name? Does it taste good?
C	Almond ginger biscuits
E	No worries, have some of mine first?
C	Well, it matters. Something may not matter much to you but it does to me. Don't use your taste to judge my choice.
E	Wow sorry, sorry I just wanted to treat you a biscuit. Nothing more.
C	Can you buy some for me? I will watch the car
E	Sure, of course
C	I don't have cash. Please spot me first
E	Don't worry. No big deal. I will get some

(Elton gets off the car to get cookies)

(Claire switches on the speaker to call Ana)

A	Hello

C Honey, how's your chat?

A Very nice, why?

C When are you coming back?

A Don't know, why?

C Do you have a thing with Billy?

A What? Again?

C Do you feel uncomfortable that I am with you all the time?

A ......

C When are you coming back?

A I don't know yet

C Then when are you coming back!

A When do you want?

C I don't want to be alone with Elton. I don't like him. I am not comfortable.

A Have some biscuits if you are hungry, we will meet tonight.

C Ana. Ana!

E Got them, I know I can be quite pushy but I just want to befriend you, for five days.

C Four and a half

E OK, for Ana and Billy, we like each other or tolerate each other? Shall we?

SCENE

Projection: Day 1 > 0 > -1> -2

4

HOME SWEET HOME

甜蜜的家

Home · Bed · The Pain Tolerance of Cats

(Ana and Claire are at home.)

C What's the name of Billy's boyfriend?

A Eddie? Or Edmund? Or neither. It starts with E anyway

C I remember. Elton. Elton. Elton for Elton John. Elton

A My memory really sucks

C Your good friend's boyfriend. I don't want to get his name wrong

A They wouldn't mind if we really do

C Where should they sleep here?

A No idea

Pause

A Actually I don't want them to come

C What?

A For real

C Why?

A Just don't want

C Billy is your good friend, right?

A Good friend can be kept at heart, no need to meet

C Just hang out, it's a rare chance!

A They will be here the day after tomorrow

C Why don't you tell me earlier

A Because I need to think if I want

C You could have told me earlier and we consider together?

A I pay the rent of this flat. I think I have the right to decide whether I want or don't want to host someone. Make sense?

C The way you put it is harsh

A I am just stating the fact. Fact itself is neutral. You impose your own feeling is something beyond my control

C Ok, they need to sleep somewhere. They will be here for five days?

A Four and a half

C Ok four and a half

A They can sleep under the stairs

C Shall we get a sofa bed? Our sofa is anyway covered in cat scratches

A You will buy one?

Pause

C Sorry

A Why

C ...bring you pressure in many ways

Pause

C Just now you said I didn't pay rent. I will pay once I can

A It doesn't matter

C I just want to be nice to your friends

A You mean I don't care enough, that's passive aggressive

C No I didn't

Pause

C	Ok, I did. Sorry
A	Don't admit it if you don't mean it
C	Stop
A	......
C	Anything upsetting you?
A	......
C	You can talk to me
A	......
C	I think we can be honest, like friends and speak like friends

(Ana hugs Claire)

(Ana gives a puzzled look)

A	Friends. How can two people sharing a bed be just friends
C	I will work harder to do better
A	How's Emma today?
C	She didn't show up after food. She didn't seem to have a good appetite these days. Not sure if it's kidney issue. Need to take her to the vet tomorrow
A	Let's wait until she is really unwell. Vet is expensive
C	It would be too late if we notice she is unwell. Cat has a high tolerance; they can sustain great pain. And It would be too late when it comes to notice
A	Are you hinting that you have had a hard time putting me with me

C ……

A I am just kidding

C Ok, I will stop bothering. I know you are under huge pressure. You don't have to worry, I can take everything and get it done. I look forward to knowing them, I hope to be good friends with them for the coming 4.5 days. I love you. I love you

SCENE

5

Projection: Day 2

DIANA'S LAMENT

戴安娜的怨曲

Gay Village · Cry Me a River · A Depressing City

(A bar in the Gay Village in Manchester. The stage lights go up and the silhouette of a drag queen is dancing.)
(She is Diana, lip syncing "Cry me a river")

Now you say, you're lonely
You cry the whole night through
Well, you can cry me a river, cry me a river
I cried a river over you

Now you say, you're sorry
For bein' so untrue
Well, you can cry me a river, cry me a river
I cried a river over you

D I haven't cried for a long time. Some time ago when I watched the telly, it was about the World Vision. I looked at the skinny kids in Africa. I cried, I really cried. How come I can't as thin as they no matter how much I tried to lose weight?
The last time I cried, I was standing at the handing chair. At the last moment, I heard a call. so, I step down. The one who called me is here today. Please give a round of applause!
If you have someone on our mind. call him or her. or send some random messages. Let them know there are someone in the world thinking of them. Maybe...you can safe someone's life.

So, I tell myself that I would rather make others cry to making myself cry.

Ladies! Don't be so foolish anymore. Stop shedding tears for someone who doesn't cherish you.

Your guy is cheating on you, why are you crying? You can cheat on his subject. Then it's him who is crying, right?

Cry me a river.

Cry? He should be the one who cry!

(At the backstage. We kind of see Ana and Claire in quarrel, physical fight even. Ana is so angry that she smashes the wine glass on the ground. Claire is shocked. Light dim.)

You drove me, nearly drove me out of my head
While you never shed a tear
Remember, I remember all that you said
Told me love was too plebeian
Told me you were through with me and

Now you say, you love me
Well, just to prove you do
Come on and cry me a river, cry me a river

I cried a river over you

I cried a river over you

I cried a river over you

SCENE

6

Projection: Day 2

THE MOON

月亮

Under the Staircase · Passenger Cabin · The Moon Under the Airplane

(At Ana's home, there are simple beddings and mattress underneath the stairs.)
(Elton is watching Diana's performance on his phone)

B Go to sleep
E What's he like without make-up, seems to have a lot of stories
B Ask Claire to introduce you later
E Are you jealous? Hey~ (Take a photo)
B What are you shooting?
E Record this moment. It's like camping
B I really have not thought of sleeping under the stairs
E That's quite romantic
B Under the stairs is believed to be bad luck. And there are candles.
E What are you talking about? You fell asleep in 10 seconds anyway. I don't have to be like this if you are more optimistic. Don't you know that being an optimistic babe can be very tiring. Happy to see her again?
B Happy
E What did you talk about?
B Everything. Don't know what to talk about after not meeting for so long
E I had a good chat with Claire. We had a fight, actually a few fights.
B Unchangeable
E Find out the bottom line earlier, see where the bottom line is

B TB's bottom line is hard to define.

E She said she is not a TB. She really cares about it. Well she is right, why allow others to label yourself. I quite like her. She should be quite romantic

B Don't tell a book by its cover. We don't know how she treats Ana

E You mean......

B Nothing, I don't want to make a blind guess.

E Don't you find it strange? Their house is a wreck. The wallpaper is piling off, the curtain has lost its colours, covered in dust. The garden is so overlooked that it's like a jungle.

B Their situation is not ideal. The economy is quite bad.

E That doesn't matter. If you and I have a house like this, we will certainly spend a lot of time to keep it clean and pretty. Time doesn't cost money.

B I want to have a garden at my house. If I have a garden, I will plant a lot of flowers and to grow some herbs so that you can pick them for barbecue. Having BBQ and drinks at the stars and the moon, how nice!

E Let me tell you the spectacle I saw. On the flight from to London, I saw the moon beneath the flight!

B Impossible

E The moon was underneath! For real! The wing was there and it was snowing underneath. The moon is just below the cloud, right beneath me!

B So?

E Wet blanket all the time

B Because it's impossible

E That's real!

B Did you see the moon?

E Inside the clouds

B That's light pollution

E Why can't It be the moon?

B Because it's impossible

E But I am describing what I saw at that moment, the memory on my mind. Why did you have to describe a beautiful moon as light pollution?

B It's just the name of light pollution. Every illuminated city seen from the sky is beautiful

E Forget it

B It's no big deal, whether it's the moon or light pollution

E There's a big difference. Of course it matters! I want to say, you were sleeping, everyone was sleeping. Someone had a movie on but he was also sleeping. Everyone but me was sleeping. The lights were out. That night, I didn't like night flight, because I can't sleep on the plane. I couldn't even sleep after taking pills.

I open the window, I saw...the moon in the cloud under the wing. And I looked up...very dark, very dark, very wide, very big...

(Suddenly hold back his tears and starts crying)

The sky was full of stars
The whole sky. I have never seen so many stars, so close.
Up in the air, never been so close. So many, so pretty.
Tears started rolling down. I don't understand. Tears keep dropping and my heart is empty...
Turns out
I wanted you to see it too
I wanted you to find it as beautiful as I did. So majestic, so magical
But I knew you wouldn't
So I didn't wake you up
Why didn't I think of my mum? Why didn't I think of others that are very important to my life?

The moment I realised we have gone through so much
That moment, that scene
I just want to share with you

And the cabinet lights were on, and I couldn't see outside.
It's landing, time to return to the reality

Forget it
I am just bullshitting

You have really fallen asleep

SCENE

7

Projection: Day 2

MEMORIES

回憶

Breakfast in the Garden · The Unquenchable Candle · Commemorative Book

(At the home's backyard)

(Billy is preparing breakfast and Elton is tidying up)

E The flowers are all dead. Look at the old cigarette butts! I never thought a lesbians' home can be so dirty

B You are hauntingly annoying

E Don't mention the word 'haunting'

B You said it yourself. Where come so many ghosts. I wouldn't come near you if I were a ghost, you are so annoying

E Really! I am not kidding. What is that? B, come over here for a look, come over!

B So?...what...how come there is something like this...is it for cat?

E Why would a cat use a syringe so thick with needle! It's obviously for human use

B Why a syringe?

E Do drugs! Of course it's not for vaccination

B I will ask her

E How? Morning! You doing drugs? Like this?

A Morning

E (Taken aback by Ana's sudden appearance) AHH!

B Morning

E Ana...Morning

A Did you sleep well?

B Very well

A Wow so much food! Scramble eggs, smoked salmon, celery...Did you get them this morning? You must have been up early?

E Yes, I didn't sleep well last night. It was a bit of a shock when we were about to go to sleep

B Hey

A What?

B Emma came over and slept with us. She slept on my head with her butthole on my face. He is allergic to car hair.

A Emma is always so clingy. That's why I don't let her in the room.

E No. I think we should tell them

A What?

E Your house is haunted

B Hey

E Haunted, really

A I know

E I told you so!

A This is a haunted house. Otherwise, why would it be so cheap. The landlord is the drag queen singing on the balcony last night

B Diana?

A His name is David

E Wow, no wonder he is so rich!

A Claire said he used to be a flight attendant, but he is loaded now

E Should be taken care of

B How do you know

E He can buy a flat in England, where does that money come from? Everyone knows how much a flight attendant makes?

B Maybe he comes from a wealthy family?

E Need to be a flight attendant if his family is rich?

A You are good at distracting

E Sorry what were you talking about?

A This house is haunted

E Shit

A There was a murder long time ago. A man used an axe to kill his family

E I don't want to know

A Then killed himself

E Fuck

A He hung himself at the staircase where you slept

E Told you so! Last night we blew out the candle after chatting and it lit back up itself!

B Because the weather is dry

E It didn't light up after it went out a second, it was after a minute! Do you know what I was thinking. I was wondering if I should blow it out again. What if it lit back up! Then it can't be explained. Actually we can't explain it now!

A Ha ha ha ha!

E Why are you laughing

A That's not true! It's not a haunted house! No murder!

B I should have guessed!

A You are quite gullible

E For real or just kidding?

A Since you are craving for a reason, I just make one up to make you feel better

E But the candle thing is real. He was sleeping like a pig

B Where is Claire?

A She just woke up, will come out in a moment. She is feeling... not so well. I really like celery. I didn't touch it when I was small, but I love it now. I can eat it every day

(Elton and Billy exchange looks)

B Can I ask you something?

A Why so serious on such early morning?

E Nothing. No big deal, let's talk later

A And you still say it's no big deal?

B Let me get it straight. We found a syringe on the ground...

A That's not mine

E So you mean?

C Morning

E Ah!! (Got scared again)

B Again?!

E Morning Claire

A They have something to ask you

C What?

E We have made a big meal together! I even got that biscuit!

A You know which biscuit she prefers?

C Yes, Elton kindly bought some for me the other day. What do you want to ask?

E Nothing...... Well......

B Forget it

A	They found a used syringe
C	Shit, were you guys pricked? Sorry about that
B	Why is there a syringe?
A	For drugs
E	What?
B	As a friend, I shouldn't interfere...
A	Hahaha...look at how serious you are. Just kidding. She needs insulin injection.
C	Yes, I was having an injection in the room just now so I was late. I think I will have more food, Ana told me you are good at cooking.
E	Oh I see. No wonder you need biscuits suddenly the other day. Low blood sugar can really affect your emotions
C	Huge impact. Sorry about the other day
B	Oh! I want to bring you a surprise this breakfast
A	What's that
E	What surprise? How come I don't even know?
B	Something I have owed you for 20 years
C	What?
B	(Take a gift out and hand it to Ana)
E	Autograph album! From the secondary school age! What a historical relic!
A	I can't even remember this. My dad got it for me from a Matsuzakaya Department Store. It took him a long time to pick it
B	Did you like Hello Kitty?
A	So you say how well my dad knew me

E Can I have a look?

A Here

E So we taped the pages up because the album will be circulated among other classmates. Just to keep them from others

C "As free as a bird" Wow The handwriting is so beautiful

E Who wrote it? No undersign?

A My dad wrote on the first page after buying this for me. I was so pissed. I said it's for my classmates and not for him

E Your dad is so sweet

A Sounds like you know him

B I thought for a long time and didn't know what to write. Then suddenly you moved to the UK

E You didn't know she was emigrating?

B Only when I got her letter. I was so upset and there was no internet so we needed to write letters. At least one letter every month, sometimes more. There was ordinary mail and air mail. Air mail is more expensive and you need to stick a blue "air mail" sticker next to the stamp. Hey, do you remember who else is in the class?

A You...

B Who else? Don't you remember Leo?

A ...Leo Chan?

B Leo Hsu!

E Hsu? The surname Hsu? Same family as Shi Qu. Looks like the same surname

C Shi Qu is a stage name.

E Only lesbians know about this.

B H.S.U., Hsu. His surname is Hsu. His father is Taiwanese, so it follows the Taiwanese pinyin, Hsu Po Yao H.S.U.

A Leo! I remember him.

B You two always fight over the first and second place. Always you or Leo.

A Have you still been in touch?

B Yes, he has moved to Taiwan, married a Taiwanese lady and had a kid. But they divorced. He is diagnosed with depression, not very well now.

A What's the point of studying. Both top two students are in a mess.

E Oh! This is Billy

C Let me see? Really nothing has changed

E Haha, still the same big head

B I spent a long time writing. Look how thick it is. Open it

A I don't want to

(The air is filled with embarrassment.)

Things that need remembering are already on the mind. Things that don't aren't important anymore. Right?

E Then keep the album safe. It holds a lot of your memories.

A Thanks for bringing it all the way over. I don't want the album

B What?!

C She is Ana now, Tracy doesn't exist anymore, right?

(Ana looks at Clarie.
What she said doesn't make Ana very comfortable)

E Let's eat. Let's have some food

C I invited David over for dinner tonight. Do you want to cook? David is good at cooking. You guys can exchange tips.

A Great to have David tonight. I need to go back to the office for some work. I head off first, see you tonight.

(Billy looks at the autograph book and sinks into thoughts)

SCENE 8

Projection: Day 2

EMMA'S MELANCHOLY DEATH

EMMA之死

Parting · Life around Us · Companionship

(Billy and Elton return)

E We are back! Anybody home? We have bought lots of stuff!

D Hello

E Hello! You are...let me guess...

D I am David.

E Oh you are that drag queen! So pretty without makeup!

D Don't be silly. My makeup isn't that heavy. Are you Elton?

E Ah right! How did you know?

D Claire was so annoyed by Elton. The whole village was annoyed by Billy.

E Oh that Tomboy accused me of that. I was going to make a veggie pot for he!

D You have bought so much stuff!

B Also steamed pork patty and brown crab. Lots of roes for scallions and ginger crabs! Hong Kong style tonight!

D Oh Claire may not be able to join us tonight

E Not feeling well? Is she alright?

D Well yes.

Pause

(Claire took the cat's bed downstairs)

E What's wrong?

B What happened?

C Emma is gone.

E Let’s go out now and look for her. I know a pet psychic in Hong Kong who can help look for her...

C Emma is dead.

E How come! She was fine this morning.

D Um...

B Where is Ana?

D She is still at work.

C Don’t bother her.

C What have you done to Emma

C I put everything in the fridge. It’s impossible she took them out. Emma looked at me yesterday...like she had something to tell me. I should have put her back in the cage to keep her from walking around. I knew. I knew something wrong would happen. I didn’t want them to think here are many rules...I knew...I knew something wrong would happen...

B Let me call Ana for you?

C She is still at work. I said don't bother her.

(Dead silence)

Say it?

(Dead silence)

Say it!

D She threw up some salmon at the vet

E Shit

C So it was you then?

D How could they have known?

C Just now at the vet I held her in my arms and said you have to be strong. I can't live without you. Emma could still look at me. Then she began to convulse and throw up. It was smoked salmon. The vet shook her head and asked why I fed her with such stuff. Her renal index was high already. She could only eat her cat food but nothing else! Then she peed on me and caught her last breath. Acute renal failure. A life was lost in my arms. A life was lost just like that

I wouldn't have known Ana without Emma. She was all my memories with Ana. Every time we fight she would come over and cheer us up

Now everything is gone

I dare not tell Ana. How can I tell her that Emma is dead?

D Look at me. Where are you now? Don't let yourself fall back in that black hole. I am here

(Claire does not give a response, but she is still shivering.)

D Sister, when my life was shit I could still survive. You can too this time

Do you remember that evening Po B was hospitalised and couldn't make it. After visiting hours, you still asked me to visit and switch off all the CCTV

C Not off, just turned away

D We turned all the CCTV away and brought B to the staff room. You said "Remove all the tubes and let him lie on the bed for more comfort." Then do you remember what we did?

C Sing.

D You said let's sing a song for him, but I couldn't stop crying. You sang as you held my hand. I knew B was going through a tough time. but he was still waving his tail like a baby. As we sang, his breath slowered; he breathed slowered and slowered and until we knew he was dead...

C It really hurts

D I know. How could I not know. I feel every time my heart was breaking apart That pain would not go away. But what do you think? Is he happy?

C He is happy?

D We were not in this world when she is here. It is a blessing when she could have our company when she left. You have to walk in so she can.

C Emma, I really miss you.

E Sorry Claire. She really enjoyed it. So sorry we didn't know. I know saying sorry doesn't mean anything, but I am really sorry, Claire

(Claire opens her arms, Elton hugs. Both of them cry.)

D Somewhere, over the rainbow...
Skies are blue

D+C And the dreams that you dare to dream
Really do come true

C Somewhere over the rainbow
Bluebirds fly

Birds fly over the rainbow...
Why then, oh, why can't I?

(The light falls on Billy.)

SCENE

9

Projection: Day 2

GOOD FOR HER

對她好

(In two separate light zones on the stage)

A	Hello?
B	I thought you wouldn't pick up the phone at work
A	I picked up because the call's from you. May I be excused for a moment? Thanks Gordon. Just a moment, let me go outside
B	Am I interrupting?
A	Wait, let me go outside. People at the office don't understand Cantonese would find it strange. So I went out. What's up
B	Has Claire called you?
A	Yes, I didn't pick up. Everything alright?
B	Just now, I don't know where to start
A	Just spill, I can't stay on the line for too long
B	Emma is dead
A	Huh
B	That's your scheme, right
A	Why would you think so?
B	That means yes. You are so calm. Otherwise you would be so pissed
A	You really know me well
B	You knew about her kidney, right? You knew it, right?
A	I knew
B	And you still asked me to feed her with smoked salmon?
A	Did Claire go crazy?
B	Just now she was terrifying
A	So you know what I face every day

B You even kill the cat so that I can see it? Are you insane?

A I thought you would stand by my side regardless

B It's a life!

A The vet has always wanted to put her down, saying her kidney function was too bad

B And you still ask me to feed her with smoked salmon?

A. Was she happy at that moment?

B ......

A Smoked salmon is her favourite. It was wrong and not good for her health, but she was so happy every time. You think it's more humane that the vet put her down, but have you thought about how the cat felt? What if she didn't want to? You know every time she was incontinent every time we put her in the bag to see the vet. Is that good for her? So now she could enjoy her favourite smoked salmon before she passed and avoid being put down in a cold veterinary clinic. I think she would be happier like that

B But why me?

A So you said the key. You care not about the cat, but yourself

B ......

A I tell you not to upset you, but to make you feel better. Trust me. This is for her best

B Emma?

A Claire

B Claire...

A I thought you would understand me, which you should

SCENE

Projection: Day 2

10

TRUTH OR DARE

Truth or Dare · Sleeping Jellyfish · The Doppelganger

(At the dinner table. Everyone is finished and there are plates and glasses on the table.)

E Take it easy, you didn't eat much

B No appetite after cooking. It's the same every time

D One more? Drink up all the wine for me. Don't ask me to bring them back

E Another drink?!

D Don't worry, just be happy!

C Let me speak, I have something to say

D Don't worry she won't remember anything tomorrow.

C We need to celebrate Emma's graduation! Cheers! Emma! I can't be sad anymore. You are old. A 17-year-old granny. Before you go you had a great meal. You hadn't had salmon for a long time. Was it good? Every one, I flipped out this afternoon. I was scared, I was scared that Ana and I would break up without her. I had said many things I shouldn't have.

I need to apologise to you guys and I need to say I love you. Come on! (Kiss Ana)

E I love you too, Claire! Cheers!

D No need to drink like water even they come at purchase cost, right

B We will chip in

A That's unnecessary! David's treat for such a happy night

E I have no money, pay by body, okay?

C Wanna sleep with me? Wait till you are 30 years older, or 60 to play safe

A Yes, David loves to jerk off to old and wrinkly vampires

D Stop making fun of things that are true

A I love to make fun of things that are true. When we were in secondary school, I made a prefect admit that she peeked at her brother in shower. Billy, right?

E That's it?

A Then the prefect started crying. She was raped by her brother.

E What! She was the one peeked first before her brother did it to her, then she blamed it on others

A Her brother jumped to death

E Bullshit, I won't believe you anymore

C It's true

D I have heard of it too

E For real? How come you all look like nothing happened? Someone died, right?

Pause

B It's not true

A It's not true

D It's not true

E Even you lie, Claire?

C I saw everyone was so serious at that moment. It's easy to engage in it. Turns out I can act too

A Don't be fooled by her appearance, she is very good at acting

C ......

B You are more skilled

A Of course, I was the best actress when I was in primary school

B Your acting now is much better than back in primary school

E Isn't she the best actress?

D I could tell if you are a human by just one look

B Be honest, you in drag look a bit like Susanna Kwan

D I thought I look like Louise Lee

E You are Johnson Lee at most

C As long as not Leticia Lee is fine

E Top making fun of the dead. Sorry we don't know the boundaries

B Hey, since the old days are so happy, let's play truth or dare?

C Good idea! I haven't played it for a long

E Let's do it! I want to play

A Never a good ending

B Old rules! You must tell the truth if chosen; if not, drink up this class of whiskey!

E Me first, first question, What was the grossest thing you have done on public transport? (E spins the bottle)

(Spin and whoever is pointed need to answer, and need to make up the answer.)

(Finish answering and ask the second question.)

Second question: What was your first sex like? Where and with whom? (Spin the bottle.)

Ana：14 years old, as old as Leo

Claire：28 years old, my first time dating

Billy： 22years old, a stranger at a sauna

David：29 years old, a public toilet with a middle-aged man. I miss it. I want to meet that guy again

Elton：19 years old, he was studying medicine. One night he asked me to meet at the operating table. Then I was ripped up by him

Third question: Detail your last sexual encounter.

If the bottle was spined to the boys:

Boy Miss Five for me

C Who's Miss Five

Boy Miss Five! Masturbation!

C So sad, Last time I was with Ana

If spined to Ana:

A With Claire, Don't remember when

C Last time was two weeks ago. Of course with Ana

It was Saturday, Ana didn't have to work the next day so could stay up late. So... (Looks at Ana shyly)

Before we go to sleep, we hold each other, then I took off her clothes and kissed her. Then I kissed her neck and all the way down. Then she came and I kissed her again and helped her put back on all the clothes. We hug each other to sleep. It was a great night

B What? Put back on her clothes? Like taking care of a vegetable?

(Ana kisses Claire)

D Blushing! TB blushing! The world's eighth wonder!

C Don't get carried away

E I won't get carried away. I prefer getting carried on, that's more comfy

D I can tell

(Everyone applauses)

B Next one from me! Ana, this one is for you!

E What?

A I don't mind. Fire away

B How are you?

D What the hack?

C How are you? Hello? How are you?

A I opt for a drink! (Drink up) Billy you are too impatient. You didn't say what I needed to do if I refused to answer. So, I will follow the last practice. Bottom's up.

(Everyone applauses)

A So it's my turn to ask.

B Sure, fire away

A For David, you go out with so many rich old men, are you sugar dating?

D (A bit embarrassed) Depends on what you mean by sugar dating. I really feel horny to old men, the older the better. The saggier the skin the sexier. Especially the smell of old men's ear makes me high.

E Fuck, for real?

C Everyone deserves to be loved, what's wrong with that

B I don't think it's a problem. I find you so cool

D A few months ago, I went to Switzerland with my boyfriend, one of my boyfriends

E Can an old man still ski?

D No, for euthanasia

E For real?

D Just kidding. To your question, I never sugar date. Every time I fall in love like others. I truly love them and they truly love me. I admit I am greedy to have several boyfriends at the same time. But they know about it. They often say they can't take their money to their graves, and I don't turn them down if they give me. Everyone is happy. The world is beautiful and true love last. Halleluya. Happy now?

A I don't know you are so loving though I have known you for long

D Our friendship is not as deep as you think

E Wow, hidden meaning, so much hidden meaning

D Ana cheers!

C hmmmm My turn, let me ask Elton! Elton!!! What should I ask

E Are you ready? I am not afraid of you

C Not yet

A I have one. (Whispers in Claire's ears.)

(C is obliviously scared, looks at Anna, a bit embarrassed)

D Hurry I want to know

C Well, it's her who asks

E Come on, I am not afraid of you, come on gal

C Why didn't you break up with Billy even though he had cheated on you so many times!

Pause

E Because...because...wait, if I don't want to answer, what do I need to do for dare

D Drink both glasses

E A treat for me?

D No need to finish, take it slow. I drink half for you

E No need! Ha ha!
This question...
Let me tell you. Because I love him.
I know a lot of things don't work between us. I was furious when I first found out, but after a few times, I began to wonder if that was my problem. Clapping takes two hands.

We are not kids anymore, we don't chuck things when they don't work. That's very environmentally unfriendly. Things need to be fixed when they don't work. Just try. Fix it if it's important, if it is worth. I know it is worth

A What if you can't fix it. Will you keep using it and let go until one day you are burnt by leakage

E Hey Ana, remember that question, your turn next round and I will answer

B I wanna have a smoke in the backyard

(Billy goes out)

A I will go with him

C Did I say something wrong?

D (David and Elton drink) You are so well-said. Cheers to you

E Truth or dare is so old school! Do we keep playing?

(Another light zone)

(Ana sits next to Billy and doesn't say a word)

A Don't know what to say?

B ......

A Are you pissed?

B No

A No? I come out to smoke on your own. Maybe I have made you unhappy, but I have no responsibility to guess what you are thinking

B Is it so hard to guess

A Sorry, which one are you angry about? A: How I asked Elton just now? B: Emma's case? C: I refuse to take the autograph album? D: I didn't tell you and run to the UK 20 years ago?

B How can you live like that

A The answer is E: All of the above

Pause

B Do you think it's fun or you want to make a mess?

A I think you have an answer in your heart. I can't change your view no matter what you say

B Personal view can be completely unrelated to the truth

A No, view is the truth of a certain person. Like how a dog see the world is completely different from how a human sees the world

B What is a dog's view?

A Dogs can't see red. They can't distinguish between red and grey.

B So if I slit my wrist in front of a dog, it could only see some grey liquid gushing out

A Probably

B Jelly fish is worse

A What's it like?

B Jelly fish has no brains. A video I watched before said jellyfish knows how to sleep. Scientists went crazy. They have also thought that only higher-level form of animal life with central nervous system needs some rest. But jellyfish doesn't have central nervous system. Why would some jelly need to sleep? Then they came up with a very terrifying conclusion. It's the essence of biology. When you wake up, it's actually a need for survival

A Life is real only when you dream. But now you are awake everything is fake?

Pause

A It reminds me of that night by the harbour. Our 21-year-old birthday.

B You told me that night you liked me...

A That night you said there was something, something that you worried that we wouldn't be friends afterward. Actually what's the big deal. You are gay. I knew long ago. I knew before you did.

B Were you serious that night? Did you really like me?

A I was serious. Looking back, it was gross. Really gross. You dyed your hair red. Really ugly

B Actually I think I liked you too at that time

A I know

B But I have no sexual desire for you

A I don't want to know

B Ha

A I guess this is the difference between man and woman. I

have no sexual desire for you but I have no doubt for my love for you

B We only thought this way because we were young

A I only know love has many different shapes when I am older

B I only know what I have missed when I look back. This is growing up

A This is artist mentality

B You also want to be an actress. Back then promised each other, I would be a playwright and you would be the female lead. At the end, I became an actor.

A I am not as brave as you, or I am not as lucky as you

B Not as brave as you. Confessing your love to a gay guy. Did I hurt you back then?

A No

B Really?

A You think too much. I said that partly because I wanted to hurt you. To make you feel bad and regret. Did I hurt you?

Pause

B No

Pause

A Cheers

(The two drink up)

A I am not well. That's my answer

B ......

A Well, I have spilled it. Does it help?

B You and Claire are not working. Why not split up?

A Why don't you ask yourself the same question?

B I ask every moment. Having built up so much and given so much, how can I just destroy it. I have grown up

A So I have to compromise?

B No one wants to compromise, but compromising takes every second to practise

A I think my problem is not just Claire

So pathetic. If the one who is sleeping and dreaming is our essence, all the things happening when we are sober is just a biological need, that would be nice. Then we don't have to follow the rules of the world. We don't need to force ourselves to move on even if we know we can't fit in

Do you still think who you actually are

B. Does it matter? Now in our 40s, should we still get drunk and leap into sea and swim? Or break the glass outside the theatre to steal the poster? Get completely wasted and forget who you have a fight with

A If it makes me happy, I will carry on

Do you remember people call us la double vie de Veronique?

Congratulations, you use your free will to force yourself on a totally unsuitable and unwanted path

Pause

Being a jellyfish and float in the sea is not bad

(Light change)

B Ana and I have a lot of common experiences. We call each other the doppelganger

La double vie de Véronique, a film that the 90s hipsters must have watched. Two identical women, both called Veronica, one in France and one in Poland. They have similar characters, and each has the dream to be a soprano. When one bravely pursues her dream, and the other one has given up. Their paths begin to separate. At the end, the Veronica in Poland becomes a soprano but fell down on the stage when she performed and died. The Veronica who has given up her music dream suddenly tears up in France. The two strangers seem to have a certain bonding between their souls, a bonding that science can't explain.

This film, I watched it with Ana, who was still called Tracy. The film was like talking about her and me. Hers and my life have a lot of weird connections. Like we were born on the same day, same month, same year. Sat to each other in kindergarten and became best friends. We really liked art. I liked writing stories and plays. She liked acting. Our parents divorced in the same year. In 1997, she went to the UK, I adapted to a new nation at home and changed to a new nationality. The year her father suicided was the year my dad died of cancer. That night by the harbour, we told each other our deepest secrets, so unnerving and romantic. The next chapter of life thus began. But I guess after that night our paths began to drift apart.

SCENE

11

Projection: Day 3

HANGOVER

宿醉

Sunshine · Hangover · Liar

(The same cafe in Scene 2, downstairs of Ana's office)
(They all wear sunglasses and enjoy hangover sunshine)

B David, what time will you open your shop?

D I will be back at around four to five. So I will leave after a while.

C Let's enjoy first. The sun rarely comes out here

E True. We have been here for a few days. Every day is like Typhoon No. 3. Crazy wind and rain.

D Come down for a drink tonight?

B Another drink? Am still hangover

D Hair of the dog! You guys were reluctant. Look at me, am so much better

B You are insane! Go to bed on an empty stomach when you are so drunk then have another shot would make you throw up

C It really works. Ana usually downs a shot and go to work

B She did the same this morning?

C I don't know. I was still asleep when she went out

E She is so strong, I would have asked for a sick leave

C Drank a lot last night, haven't been so happy for a long time

E You drank up every glass after your chat with Ana in the garden. What did you talk about?

B Can't remember, lost all memories. We talked about the past in the beginning

C But she didn't like to talk about the past?

B My legs are numbing. What time is she off?

C I think like other days. She usually leaves at 4:30. She must be so surprised so many people pick her up from work here

E You usually wait for her here?

C She doesn't like me waiting here, so it's been a long time

B Did Ana reply you?

C Not yet...I guess she is too busy at the office. She didn't have much to tell me throughout the day

D She still needed to go to work when hangover. Please don't be so full on.

C Well, I am just worried about her

E Call her company to look for her?

C She would not allow

E Once or twice should be fine. You look at what time she finishes. I am just withering under the sunshine

C Excuse me, I will call her company and see how it goes

E Thank you, dear TB

C I am not a TB

(Claire walks away as she makes a call)

D I need to go back to do my make up. You guys see if you want to come down for a drink (See you tonight)

E Okay

B Let's see

D Both of you are awesome. Both of you. I have been telling her, why not break up if it's so difficult

B Who is feeling difficult? Claire?

D Long story. I would leave first and let's talk tonight

(David leaves)

E Obviously they have issues

B I just didn't imagine David would talk about it with us

E No relationship is perfect, like running a business, it needs efforts to grow

B Yes, boss

(Claire returns, so anxious that she is about to cry)

C Where is David?

B He went back first to open the shop. What's wrong?

E You just had food. Can't be low sugar level right?

C Ana...

E What's wrong

C Ana is missing

B What?

E What do you mean?

C I called her company. Her colleagues said she no long worked there

B She no longer work there?

C Where could she be?

E Would anything happen to her?

C Should I call the police? Where is she?

B	It's less than 24 hours. I think the police would not care?
C	I want to go to her workplace. Her colleagues may all be lying
E	Go, go and check. To have some comfort. Let me go up with you?
C	No need. You guys wait for me here

(Billy makes a call)

E	So?
B	The phone is switched off
E	Maybe she doesn't want to work today. After getting so drunk last night
B	She doesn't have to go to work and spend time with us. Why pretend to go to work?
E	She doesn't want to see us
B	Or she doesn't want to see her...
E	Ana is seeing someone else?
B	She said no
E	How can you know?
B	She said so
E	She was already lying when she said she went to work
B	Do I need to overturn everything she told me? That's impossible
E	Should we call David?
B	Let wait a bit and see

(Claire reappears)

C	She isn't there

E	What?

B	What happened?

C	I went up and just walked in. My mind was all blank

I know where her seat is. I have picked her up from work before. When I went up, I walked over. Her colleagues looked at me in a very strange way. Perhaps it's my state of mind? I keep walking

I walked over to her seat. There was nothing. Nothing at her desk, so clean. It wasn't what I saw before

The colleague who sat next to her is called Gordon. An Indian. He asked why I went up. I said I was looking for Ana. My voice was shaking already

He said she had already quit last week, how could I not know? I said impossible. It's impossible. She went to work every day

You arrive on Friday. She told me she would take a day off to pick you up. They said she has already resigned for one week? She goes to work every day. Monday to Friday. She would not lie to me

What happened?

Where is she?

(Light change)

SCENE

Projection: Day 3

12

SLEEPLESS NIGHT

失眠夜

Night · Insomnia · Exchanging Se[illegible]ts

(Ana's home)

E Do you think we need to change our flight ticket? If so, I can change now online

B No need

E Why?

B She won't come back

E She didn't even take her passport. Nothing. So she didn't really think of leaving

B Maybe she is dead

E Don't think like that. It doesn't do any good. You said her family was wealthy, would she be kidnapped?

B She has resigned. She has planned it

E Do we need to stay for Claire? She will be left alone after we leave

B David is here

E Let me go check on her? She has locked herself in the room since she is back

B You really care about her

E Then are you OK?

B Not as OK as you

E I know you are not happy. I know you have a lot of things on your mind. I know you don't know many things. I know you are scared at this moment. I just want to show care. If you think I keep quiet is better I can do so the whole night. We have been together for six years. I always want to share your burden and face the difficulties. I don't want to bother you. Okay. I don't bother you, okay

B Sorry, I keep thinking. My head is exploring. Because nothing will have an answer

E Tell me...There are two things in the world–things you can control and things you can't control. Set aside things you can't control. For things you can control, try to ask yourself not to think too much

B If I can control myself from thinking too much, I won't be talking to you at this moment. I didn't expect getting this answer after talking to you

E Is it better if I say nothing? If so, tell me, I will cooperate

B No, that's not the case. I don't know either

E I think the saddest part is that you think Ana has betrayed you right?

Pause

E You think you are best friends. She can share with you any problem, right? Even if she wants to go, even if she doesn't want to see you anymore, she can still tell you. She has the duty to do, right?

B I thought if we couldn't hang out, she would not have left? Or she doesn't want to see me with you? Or Claire and David have killed her? Or she has killed herself? Or she has another identity, another life that we don't know. I can't stop. If I keep on like this I will go crazy.

E You think it's because of me?

B How come I have said so many things, you only pick this to pick on me?

(C comes down from the stairs)

E Are you ok?

C I can't sleep

E I make something to eat. You haven't eaten anything and neither have we. You guys chat among yourselves

B I made him angry

C Why?

B Whatever. No worries. It's nothing

Pause

C Why do you think she leaves?

B I don't know

Pause

C We were good. She moved to Manchester for me. Life was not easy but our time together was very happy. She told me she could finally live the life she wanted. My diabetes got serious and she didn't give me up even though my mood was bad

B I didn't expect she would love someone so much

C She told me she would be by my side regardless. I don't understand. Why has she left for no reason?

B I don't know

C I was scared about your arrival. I thought something would happen. She could wipe everything about Tracy out like chalk and you are the only one remaining in that world. I know you are very important. I can't compare myself with you

B I went to the same class with her in kindergarten, then went to the same primary school, then the same secondary school. One summer, I fell in love with someone. The first time I felt falling in love with someone could be so painful. I kept thinking. I dare not write to her about it. Because I felt like I was a monster. That year she came back to Hong Kong for summer break. I asked her to hang out by the habour. We were drinking sub-zero and diamond black and started smoking. I could only feel myself by harming my body. No sure if that's because I got drunk, I had the courage to tell her that I had a secret. She might not see me as a friend anymore after I told her. She heard and fell into silence. Then she told me she also had a secret to tell me. She was also afraid that I wouldn't be her friend after she told me. So, we played rock paper scissors. I lost so I said first. I told her I like boys, that I am gay. My tears streamed down as I said. She went silent for a while and suddenly burst out laughing

C What secret did she need to tell you?

B Ha, it's a secret. You ask her when you meet her later

C So you never trust me

B (Cannot react instantly)

C You had a long chat with her outside last night. Then she was gone this morning

B What are you trying to say. Just be straight

C Can you honestly tell me – did you ask her to leave?
I am fine, I just want to know if she is alright. Did you ask her to leave me?

B No. Really no

Pause

If she isn't back tomorrow morning, we should report to the police

SCENE 13

Projection: Day 4

INTERROGATION

調查

Interrogation · Each Person's Perspective · One of the Puzzles

(Report room at a police station)

C Ana is my girlfriend. I have known her for three years. We have been on very good terms. I love her so much and she loves me too

D Claire is not my sister, just good friends. We have known each other for seven to eight years. I rented them where they live

E Billy and I are tourist. We should be back in Hong Kong tomorrow afternoon. We are taking BA139, which departs at 4.30. We should be the airport latest by 2.30. Sorry, what did you ask?

B The day before she left, we drank and hang out. She told me she hadn't been having a good time

C She doesn't have many friends. She doesn't hang out with her colleagues after work. She said she just wanted to be by my side

D I am the owner of the flat. Claire told me they couldn't find a place, so I let them stay. Then they stayed for three years

B Of course I don't have the contact of her mom. You think you can find out something right? I think not. Their relationship is terrible. At least she told me so

E I guess they are very poor. Look at their house. She borrowed money from Billy a few years ago to settle her gambling debts. I don't know too much. Billy doesn't like me to ask him about it. He was pissed every time I talk about it

C Of course she is not seeing someone else. Of course not. I believe in her

B Her hand was wounded. She hinted she was hurt by Claire. She didn't say it straight but she didn't make such hint

E Actually I didn't have a chance to talk to her one on one. I know she is Billy's good friend, but I feel that she doesn't really like me

D I guess their relationship isn't that well. I am the landlord, and I received calls from our neighbor, saying they shouted loudly at each other. Then glass breaking sound was heard. Police was called and they should have kept a record. You can look into it

C I didn't know she resigned. Maybe she had her own reasons?

B Yes, she wanted to borrow money. A few years ago, she was gambling. She also asked me for money this time

D Claire is diabetic, she could be very emotional is her blood sugar level is low. But Ana could be even more emotional. Just three weeks ago at my bar, Ana started yelling and lost control. All the glasses on the table were thrown on the three

B Suicidal thought? I think not. Her dad died himself, I don't know if it has any effects. But I can't see any reason she should do that

C We may argue sometimes, all about daily trivial matter, like all couples. We really love each other, that's true

E I think she is filled with negative thoughts. She doesn't look like that, but I know, because she is like Billy. Billy is the same

D They just argued at my bar, not disappearing at my bar

C Let me say that one more time. We are on very good terms. We thought of travelling during Christmas. I don't understand why she chose a life like this suddenly

B We haven't met each other for over a decade. Everything was told by her. And for her present life, I know nothing

SCENE

14

Projection: Day 4

BLIND

盲

Chaos · Breakdown · Love

(Home. 28 hours after going missing.)

C Did the police say anything?

B They said most missing persons would return home within 48 hours. But meanwhile they will also investigate if there are any other possibilities

E Who would have thought we come across this during our trip

C What did you tell the police? Can you tell me?

B Anything useful I can think of. What do you want?

E Claire is worried and so are we. We can stay

B Staying doesn't help much

E Why do you have to say such thing at this moment

B I am just stating the fact

C Don't worry about me. I am OK. Maybe she just wants a breather

B I think the police has suspected me

E Suspect what? She left on her own terms

C I think they only treat Asians like this

B Nah. It's normal to suspect the first one reporting it when someone is missing. Like in many cases. You kill someone then make a scene and report to the police.

E They suspected that you killed her? What?

B I think they suspected you too, right?

C No

B No, ha. I found her hand was wounded. Is that you?

C She told you that?

B No. Not directly, just my guess

C That's right

C We had a fight for something very trivial. I...I don't remember for what already...very emotional, both of us. She threw a wine glass to the floor. I picked up the shattered glass...then she cut her hand with the glass

B She slit her wrist?

E Why did she do that?

C Just an impulse. You don't believe me

E I believe you, Claire

C You don't trust me. You never trusted me

(David returns)

C So?

D I took the police to my bar; they took away the CCTV for the last month. That's mental. How is that related? She was missing at my bar. I couldn't lie when customers asked. They are all so worried the world would know what they have done at the gay bar. That's insane

C If there are hints to whereabout she is, then it's still worth it

D It's worth it for you. I don't want to be mean. But losing the regulars' trust can't be gained back. The bar is over. Sorry I don't mean to make you even more worried. I will take care of my own worries

B To be honest, there is nothing we can do at this moment

D If she is dead, evocation is still possible. Now she runs off herself and you don't know where to search. It's so far from the sea that I can't even drop a water melon in the sea

Pause

E Don't say such thing

C Everything was well

D Really?

C ……

D Stop lying to yourself

C Whatever relationship is their problem. I was moved by what Elton said. If there is a problem, solve it. Just fix it when there is a problem

D Your cat, the doctor wanted it gone. You were reluctant. You think loving it can solve all the problems. But she won't get better. You keep her alive another day is another day of torture for her. Another day of torture for us.

B Ana asked me to give her salmon

C Impossible, she loves Emma

B She did that on purpose. She was ready to leave at that moment

E You sure

B Very sensible now when we look back

C Why are you talking about her like that? You have only seen the only one side of her. I am the one who has spent time with her every day. And you sound like as if you know everything

D Because you were blind

B Your relationship has problem. I think you know better than I do. Maybe that's why she left you

C If the problem is so huge, if she really hated me so much. She could leave any moment. Why last night? That doesn't make sense

D Would you have let her go? Can you imagine what she would do? Everyone knows you are deeply in love with her, I believe she loves you too. That's why she Billy and Elton to be here and someone is watching over you when she is gone. Like now?

C Why do you sound like what you said is real

D Claire, stop lying to yourself

C I am not lying to myself!

D Are you happy with her?

C I have worked so hard...

D Are you happy?

C ......

D She kept on pretending to sleep and no one could wait her up. Let her be!

Two people together many are not happy. But personal growth would progress, would improve

This is what you told me when I was about to hang myself at 25 years old. It was you who saved me.

So, no matter how much I love a person, I wouldn't let myself to fall into the dark hole. But you take a look at yourself?

Sister, you were different when I first knew you. You could see through things. Loving yourself is not something selfish! How can you love others when you don't love yourself. Think of your old self? You wouldn't be blind to such situation?

C I never thought of living and relying with another person. Maybe that's what I am doing. I don't know. I didn't expect to be like this

D Loving someone should be happy right? We just want to find someone to love. Loving a person should be happy.

(Light fade out)

SCENE

15

Projection: Day 4 1/2

THE DEPARTURE

離開

(Billy, Elton, Claire at the Manchester airport)

E	This Terminal looks much better than ours
	I prefer the old terminal. The one now is very new and bright. But very cold and lack a human touch
C	I am getting a coffee. You guys need anything?
B	No, thanks a lot
E	Can you get me a pack of almond ginger biscuit. I want to have it in Hong Kong
C	Okay, just a moment

(Claire leaves)

E	Passport?
B	In the backpack. Didn't even pull it out
E	Why not take a look to make sure?
B	(A bit impatient) Here, you keep it for yourself
E	No need
B	Better you keep it. Then you don't fear that I lost it

Pause

E	Call her
B	Who?
E	Ana
B	Why?
E	She knows we are leaving today, may answer your call. Don't give up

B No

E OK

Pause

B Did you tell he police we had money issue?

E Should I keep lying under such circumstances. Every one of us would be suspected in case of anything

Pause

E Do you still lend money to her?

B It's a long time ago

E Is she still gambling?

B She said no, then no. I don't know

E You shouldn't have lent it to her back then

B Watching her drown is more noble?

E Of course that's not what I want. But lending money to her is like harming her. But you wouldn't listen. I am used to it. You don't listen to anything I say.

B What are you talking about?

E It happened a long time ago. Can you not be overreacting?

B Sorry, you said 'I don't listen to anything you say'. You are not talking about the incident. So my reaction should be quite normal?

E Sorry am just talking about my thoughts. At the end I didn't stop you from helping her. I have also suffered

B What did you suffer? You were at most pained by me taking the money for our Japan trip to save her. So for those two years, you had fewer hot spring trips, bought fewer clothes, and eaten less sushi. Sorry, but let me tell you anyway. She asked me for money several months ago. I dare not tell you. I hate this feeling, I hate that we have a lot of secrets between us. I dare not tell you anymore, though I know I did nothing wrong

E That's true too. You have done many wrong things. You didn't say that. I found them out myself

Pause

E Sorry

Pause

E Friendship is hard to sustain if money is involved. I said that because I don't want it for you guys. When we know how bad they live, you can imagine how embarrassed she is? That's not too hard to imagine? If I were her, I wouldn't know how to face you

B I don't know how to face you now

Pause

B Sorry. What you thinking about?

E Sorry. What you thinking about?

E Nothing. Nothing important

B Tell me

E I am imagine a night long time from now. I have already broken up wit you for a while. I am flying with another person and look out of the window. I recall the time when I saw the moon in the cloud below the plane. You insist that it is light pollution

B If the plane is turning and the plane was tilted on its side, then the moon may be below the plane

E Oh right

(Claire returns)

C Almond ginger biscuit, the last one. It's for you

E Thank you. What about you?

C I am OK, don't worry

Pause

C Maybe she doesn't know why she has to do it that moment

E Maybe she is regretting

C Maybe she is very happy now

E Maybe she never told the truth

C Maybe she told each of us the truth

B It's almost time. Let's go in

C OK

(Claire hugs Billy, hugs Elton)

(Billy and Elton drag their baggage and leave)

B I walk into a cabin, sit down, fasten the seatbelt. The airplane door closes, and when it opens, I am already in a different world. Just like magic.

The magician makes the female assistant disappear, but the assistant really has disappeared and never appears again.

Sometimes I wonder--would there be a day when I am on the stage, there is someone sitting in the auditorium to listen to my story. Under the blinding light, the harder you look, the less you see. There is someone watching you in the dark, but you can never see him.

EPILOGUE

THE DREAM

(In the dream, on the dark stage, there is a very long table with a chandelier hanging above. Ana wears a grand ball gown with impeccable makeup and hairdo.)

B You are?

A Ana. Belinda. Cynthia. Dora. Evelyn. Freda. Gloria. Hilda. Ivy. Joann. Kelly. Lucy. Mandy. Nina. Ophelia. Pansy. Queenie. Rosa. Sasha. Tracy.

B Which is your name?

A Tracy

B You are not Tracy anymore.

A Okay, how are you?

B How are you? Am I dreaming?

A It is going to rain. The sky is dark.

B How long do we need to wait here?

A I don't know.

B I may not stay with you for too long.

A Then you can leave when the door opens.

B No, let's hang out for a bit longer. Miss you so much.

A Claire asked me to weed the garden, but I don't want to make my dress dirty.

B Why doesn't she do it herself?

A The weed is toxic. The hands would swell up.

B I am not afraid of it. I know another plant is an antidote. I remember weeding it at your home.

A Really? How come I don't know?

B You were out.

A Do you miss the cafe on the hill? I really enjoy having breakfast with her there.

B I do. You can view the whole area from up there.

A That's not true. It doesn't even exist. Your memories aren't real.

B Where's Emma?

A At home.

B I remember she is dead.

A Yes

B Stop feeding salmon to her. Though she enjoyed it, it would kill her.

A How come you remember such things?

B There are many things I can't remember.

A Tell me what can't you remember?

B How can I recall what I can't remember?

A Try.

B I always dream of you. Dream of the house in Manchester, but I can't remember what's it like. I can only remember fragments. I remember the bottom of the staircase; I remember the dining table. I remember two police officers came to talk to Claire when Elton and I was sitting on the sofa in front of the television. Did the police actually come? Or was it in my dream? I remember going to the car park outside, I remember you sat on the passenger's seat and put your feet up to smoke. You flaked the trash out of the window or put your feet up to wear lip balm? I remember the car is red, but I don't remember if you pick us up at the airport. I don't remember how we got to the airport to catch our flight back to Hong Kong. I don't remember what we ate those few days. Elton said we went to the cinema at the mall, but I have no recollection. Sometimes I can't tell what has really happened or what was my imagination.

A You can see what others don't know. Just that you can't recall a lot of details.

B No, we have left primary and secondary schools for so long, but I remember everything. Maybe if I remember things so clearly, I can't move on, so I need to forget.

A The door may open soon.

B Let's chat until it really opens.

A When it opens, a lot of water would rush in with many venomous jellyfish. You have to be careful.

B The jellyfish should be asleep at this hour, so we can talk a bit longer

A You didn't ask why I left?

B I haven't asked for a long time.

A Not knowing for so long, isn't it hard?

B I have been kept in the box for 40 something years.

A Should we take a bottle of red wine out. If you spin and it points at me, I will then tell you why I leave?

B No need.

A You don't trust me?

B I would be poisoned if I trust you. I can only be a grownup when I don't trust you.

A The magician is waiting for me.

B Your dress is stunning.

A Thank you, I wear this dress at every show. Can't remember where I got this from.

B I remember, I give it to you. This I remember.

A That's not true.

B Will you go back?

A Don't know where the magician will send me to.

B Don't leave. Am I in a dream?

A You are not a jellyfish. Don't worry. Dream is our reality.

B There are so many things I want to tell you.

A I need to go on stage.

B I am still scared of thunder and lightning.

A You said you were all grown up?

B I don't want to.

A Why?

B Because when you are a grownup, you can't cry even if you want to.

A Have you been angry with me?

B Never.

A You can?

B Maybe later.

(Billy paint Ana's eyebrows and she leaves gracefully.)

A (lip sync cry me a river)
Now you say you're lonely
You cried the long night through
Well, you can cry me a river
Cry me a river
I cried a river over you

Now you say you're sorry
For being so untrue
Well, you can cry me a river
Cry me a river
I cried a river over you

You drove me, nearly drove me, out of my head
While you never shed a tear?
Remember, I remember, all that you said?
You told me love was too plebian
Told me you were through with me and

Now you say you love me
and just to prove you do
Come on and cry me a river
Cry me a river
Cry me a river, I cried a river over you

I cried a river over you
I cried a river over you
I cried a river...over you...

(The stage suddenly started raining and Billy is drenched.
The audience can't tell whether it's the rain or they are his tears...
Ana is still singing and dancing gracefully in the light.)

The END

編劇的話

PLAYWRIGHT'S WORDS

呢個故仔，係發生喺我身上嘅一件真事。

頭先呢一句說話已經有矛盾。
咁即係究竟係真事？定係故仔？

有幾多嘢係真？我冇辦法話俾你知。

因為我對呢件事嘅記憶，而家諗返轉頭，究竟邊啲係真？邊啲係假？可能連我自己都已經唔會再知道。

可以話俾你聽，個演出去到最後一幕，場景係一個夢。嗰個夢，係真嘅。

I wish you well, my dear friend.

（照片攝於啟德機場，我和她。）

梁祖堯

This story is about a real event that happened to me.

This statement is already contradictory.
Is it real? Or is it a story?

How real is it? I cannot tell.

Because, looking back, my memory of this event, is it real? Or is it fabricated? Maybe I don't even know myself.

I can tell you that the last scene of the performance is a dream. And that dream is real.

I wish you well, my dear friend.

(Photo taken at Kai Tak Airport. She and I.)

Joey Leung

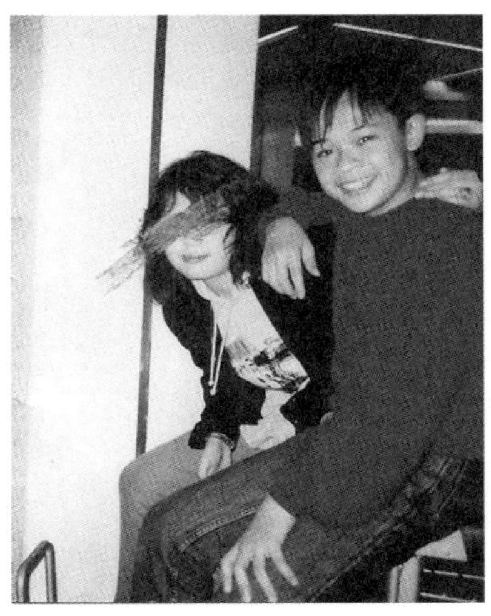

書名：《亞娜》Ana
作者：梁祖堯
英文翻譯：Yoyo Chan
編輯：呂嘉俊
書籍設計：李嘉敏 @comes n goes
劇照攝影：Carmen So@RightEyeballStudio
Sammy_snap_shot

出版：字字研究所有限公司
網址：www.wordbywordcollective.com
電郵：wordbywordltd@gmail.com
承印：新世紀印刷實業有限公司
定價：$178
國際書號：978-988-70781-5-9
出版日期：2025 年 3 月

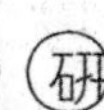

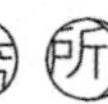

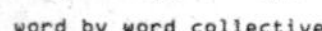

工作室贊助

風車草劇團
Windmill Grass Theatre

ISBN 978-988-70781-5-9
HK$178.00
PUBLISHED IN HONG KONG

DON'T SAY ANYTHING,
TIME WILL TELL.

I WISH YOU WELL, MY DEAR FRIEND.

編劇——梁祖堯
Written by Joey Leung